FEMMES JOURNALISTES

ENTRE PASSION ET (DÉS)ILLUSION

CLAIRE LEMAÎTRE
PAULINE RENAUD

FEMMES JOURNALISTES

ENTRE PASSION ET (DÉS)ILLUSION

{LES Petits matins}

Couverture : Thierry Oziel
Maquette et correction : Stella Cabaret

10, rue de Chantilly, 75009 Paris

ISBN : 978-2-36383-451-5

Diffusion Interforum – Volumen
Distribution Interforum

SOMMAIRE

AVANT-PROPOS

« J'ai éprouvé, dans ma carrière de "journaliste", les plus grandes joies. Cette profession m'a permis de pénétrer dans les milieux les plus divers, de défendre les idées qui me sont chères, de voir, sous leurs multiples aspects, les spectacles de la vie – qu'on m'envoie aux halles à quatre heures du matin, interviewer un ministre l'après-midi, ou voir le soir un défilé de mannequins dans un salon de grande couture. Et j'ai ainsi beaucoup appris – en travaillant. »

Huguette Garnier (*circa* 1929)

« Je me rends compte du luxe total de passer d'un univers à l'autre, de pouvoir parler à tout le monde… Je peux parler à des ministres le lundi, être à une conférence avec le président de la République le mardi, me trouver devant une cage de MMA le jeudi et faire travailler des mômes à La Courneuve le samedi matin. Je suis hyper chanceuse. Je ne changerais ma vie pour rien au monde. »

Nora Hamadi (2025)

Bien que près d'un siècle sépare ces deux citations, elles se font étroitement écho, reflétant un même idéal. Mener une vie trépidante, avoir accès aux plus hautes sphères du pouvoir et contribuer au bon fonctionnement de la démocratie continuent, en effet, d'être des moteurs pour beaucoup de journalistes. S'il n'existe pas d'études récentes sur ce qui motive les femmes, en particulier, à exercer le journalisme, on sait néanmoins que le sentiment de faire quelque chose d'utile figure toujours en tête de leur appétence pour le métier[1].

La place des femmes dans le journalisme n'est pas récente. En France, elles sont présentes dès les débuts de la presse en tant que profession au tournant du XVIIIe siècle. Depuis les années 1960, leur nombre a progressé à un rythme soutenu, atteignant une quasi-parité en 2024, quand 48,3 % des cartes de presse ont été délivrées à des femmes[2]. L'engouement chez les nouvelles générations reste élevé, les femmes représentant 53,3 % des premières demandes de carte en 2024. Mais les chiffres montrent également que les femmes sont plus nombreuses que les hommes à quitter la profession. Les chercheurs observent aussi une féminisation « par le bas ». Si la proportion de femmes dans les médias ne cesse de s'accroître, celles-ci peinent encore à accéder aux emplois les plus solides et les plus prestigieux[3]. En 2024, elles occupaient seulement 20 % des postes de direction. À l'inverse, elles sont surreprésentées dans les CDD, temps partiels et emplois à la pige. À l'heure où le journalisme ne cesse de se précariser, les femmes sont donc en première ligne. Elles doivent aussi faire face à des cas de sexisme, de racisme, de harcèlement et de violences sexuelles dans les rédactions : plusieurs tribunes[4], le documentaire de la journaliste Marie

1. « Consultation sur l'état de bien-être des journalistes en France », EGI-Ipsos – CCIJP, juin 2024.
2. Chiffres de la Commission de la carte d'identité des journalistes professionnels (CCIJP).
3. Vincent Cardon et Ionela Roharik, « Le déploiement temporel des inégalités de genre dans le monde du journalisme », *Temporalités*, n° 23, 2016.
4. « Nous, femmes journalistes politiques et victimes de sexisme », *Libération*, 4 mai 2015 ; « Femmes journalistes de sport, nous occupons le terrain ! », *Le Monde*, 21 mars 2021.

Portolano[5] et le mouvement #MeToo, lancé en 2017 dans la foulée des révélations sur le producteur de cinéma américain Harvey Weinstein, les ont mis en exergue.

En outre, 62 % des journalistes en France, qu'ils soient hommes ou femmes, considèrent que le journalisme a un impact négatif sur l'équilibre entre vie privée et vie au travail, et plus de 80 % estiment que le public possède une perception négative de leur métier[6]. À lire ces chiffres, on peut se demander pourquoi plusieurs milliers de personnes, dont la moitié sont des femmes, choisissent chaque année de rejoindre la profession. Le rapport des États généraux de l'information de 2024 offre quelques pistes de réponse. Outre le sentiment d'exercer un métier d'utilité publique, près des trois quarts indiquent se sentir épanouis dans leur vie professionnelle, signe que les évolutions – qu'elles soient économiques, technologiques ou sociétales – ne doivent pas être envisagées d'un point de vue uniquement négatif.

Mais ces données en disent peu sur cette force d'attraction qui encourage les femmes à rester en dépit des difficultés. Quels sont ces idéaux qui les conduisent vers la profession ? Comment ces attentes se confrontent-elles à l'exercice du métier ? Pour celles qui ont choisi de continuer, comment se sont-elles construit une place dans la profession ? À travers ces questions, l'objet de ce livre est de comprendre comment les femmes donnent du sens à leur pratique, et quelles incidences ces efforts pour concilier rêve et réalité ont sur le métier. À l'heure où la durée moyenne des carrières de journalistes n'est que de

5. Marie Portolano et Guillaume Priou, *Je ne suis pas une salope, je suis une journaliste*, Canal +, 2021.
6. « Consultation sur l'état de bien-être des journalistes en France », EGI-Ipsos – CCIJP, *op. cit.*

quinze ans en France[7], nous avons voulu savoir pourquoi celles qui sont encore en exercice considèrent que le métier en vaut toujours la peine, en nous intéressant à la façon dont elles vivent leur vie professionnelle, aux obstacles qu'elles ont pu rencontrer mais surtout à ce qui continue de les passionner.

Pour ce faire, nous avons recueilli les témoignages de trente et une femmes journalistes lors d'entretiens au long cours, entre avril 2024 et avril 2025, afin d'explorer les différences de vécu ainsi que les similarités. Toutes, à l'exception de six, ont accepté que leur nom soit publié, même si certaines expériences ont été anonymisées lorsqu'elles présentaient un risque de représailles ou abordaient des questions particulièrement intimes et douloureuses. Si cet échantillon ne prétend pas constituer une représentation exhaustive des principaux profils de femmes journalistes, nous avons néanmoins pris soin de parler à des personnes de différentes origines ; en début, milieu et fin de carrière ; en piges, en CDD et en CDI ; travaillant en télé, radio, presse écrite, et numérique ; en régions et à Paris ; dans différentes spécialisations. Tandis qu'une majorité, lors de nos demandes d'entretien, a spontanément indiqué avoir beaucoup à dire sur les femmes et le journalisme, six témoins nous ont répondu qu'être une femme n'avait pas eu d'impact particulier sur leur carrière.

Du fait de l'échantillonnage « boule de neige » – méthode selon laquelle certains sujets proposent d'autres sujets parmi leur entourage –, plusieurs profils partagent des similarités. Une demi-douzaine de témoins faisaient

7. Christine Leteinturier, « Continuité/discontinuité des carrières de journalistes encartés. Étude de deux cohortes de nouveaux titulaires de la carte de presse », *Recherches en communication*, n° 43, octobre 2016.

également partie de nos connaissances avant que nous commencions cette étude. Cependant, les femmes interviewées n'ont été en aucun cas sélectionnées en raison de leurs mauvaises expériences du métier. Leur seul point commun : être journaliste au moment des entretiens, bien que l'une d'entre elles ait depuis quitté la profession. Qui plus est, de nombreux aspects et difficultés abordés dans ce livre ne concernent pas uniquement les femmes. Toutefois, ces difficultés se trouvent souvent exacerbées dans leur cas, à l'instar des questions de précarité. Les discriminations liées au genre ou à l'origine ethnique et sociale sont aussi en grande majorité subies par les femmes. En 2023, elles étaient huit sur dix à affirmer que les attitudes et décisions sexistes étaient régulières au travail, tous métiers confondus, contre seulement un homme sur deux[8].

Beaucoup d'obstacles ne sont donc pas spécifiques au journalisme. Néanmoins, alors que la profession parle au quotidien de notre société, de ses évolutions et de ses dysfonctionnements, elle peine encore trop souvent à faire son autocritique. En s'interrogeant sur la façon dont les femmes donnent du sens à leur métier, cet ouvrage cherche à comprendre comment elles contribuent à faire évoluer le journalisme.

8. Initiative #StOpE, « Résultats du baromètre sur le sexisme ordinaire au travail », AFMD, 2023.

INTRODUCTION
Entre *illusio* et illusion

« Une crise de foi » : c'est ainsi qu'Aude Soufi-Burridge décrit la perte de sens qui l'a poussée à quitter le journalisme pendant plus de deux ans avant d'y revenir. Si ce désenchantement vis-à-vis de la profession est difficile à chiffrer, l'expérience de la chroniqueuse internationale n'est pas isolée. Fin novembre 2024, des témoignages anonymes de journalistes de France 3 faisaient état d'une perte de sens professionnel à la suite de la suppression des éditions nationales d'information sur la chaîne[9].

Ce qui aide à donner du sens à une profession ou à une activité, le fait qu'on lui porte un intérêt, repose en partie sur la croyance que « le jeu en vaut la chandelle », selon Pierre Bourdieu. Dans les années 1990, le sociologue a développé le concept d'*illusio* pour étudier cette croyance qui motive les membres d'un groupe à s'investir pleinement dans certains enjeux sans les remettre en question. D'après Bourdieu, « l'*illusio*, c'est le fait d'être pris au jeu, d'être pris par le jeu, de croire que le jeu en vaut la chandelle, ou, pour dire les choses simplement, que ça vaut la peine de jouer[10] ». Ce concept offre des pistes de réflexion pour

---

9. Anne Rodier, « La fabrique de la perte de sens pour les journalistes de France 3 », *Le Monde*, 11 décembre 2024.
10. Pierre Bourdieu, *Raisons pratiques. Sur la théorie de l'action*, Seuil, 1994.

comprendre pourquoi, malgré des conditions de travail parfois pénibles, précaires ou dangereuses, certains métiers possèdent une puissante force d'attraction. Le journalisme en fait partie, à en croire le nombre de premières cartes de presse attribuées en 2024, en augmentation de 5 % par rapport à 2022.

Au cœur du concept d'*illusio* se trouve le fait que tout jeu implique des coûts mais également des récompenses. Celles-ci peuvent être matérielles ou symboliques, à l'instar du prestige et de la reconnaissance sociale. Risquer sa vie en tant que reporter de guerre, au nom de la fonction démocratique du journalisme, est une illustration de ce concept[11]. Les récompenses varient d'un individu à l'autre, mais aussi d'un pays et d'une période à l'autre. Les chercheurs Matthew Powers et Sandra Vera-Zambrano ont montré qu'au XIXe siècle, en France et aux États-Unis, l'*illusio* journalistique reposait sur la promesse d'un salaire régulier et convenable, un style de vie excitant, la possibilité de s'exprimer librement, une capacité d'influence et une connexion à des valeurs sociales[12].

Les mots d'Huguette Garnier (1879-1963), qui écrivait notamment pour *L'Excelsior*, en introduction de ce livre montrent que, dans l'entre-deux-guerres, un style de vie excitant et une connexion à des valeurs sociales étaient toujours deux des principales récompenses symboliques de la profession. Un siècle plus tard, celles-ci gardent la même vigueur, d'après l'expérience de Nora Hamadi. La promesse d'un salaire régulier et convenable a, en revanche, complètement disparu de l'*illusio* journalistique. En 2023,

---

11. Érik Neveu, *Sociologie du journalisme*, La Découverte, 2024.
12. Matthew Powers et Sandra Vera-Zambrano, « A game worth playing : the formation of a journalistic *Illusio* in late nineteenth century France and the USA », *Journalism*, n° 25(3), février 2023.

65 % des journalistes se disaient insatisfaits de leur niveau de rémunération, un chiffre qui monte à 67 % chez les femmes[13]. Il en va de même pour le prestige, autrefois associé à la possibilité de s'exprimer et au fait d'avoir de l'influence, mais qui est à présent mis à mal par le peu de confiance qu'accorde le public aux médias et par les fausses informations, comme le montre le baromètre annuel publié par *La Croix*. Les fondements de l'*illusio* journalistique sont donc changeants mais ils sont aussi fragiles. Sans moteur, sans passion, les risques d'aliénation et d'abandon sont grands. Outre « la course à l'information », Aude Soufi-Burridge déplore « le manque de reconnaissance financière et sociale » qui a conduit à sa « crise de foi ».

Comprendre pourquoi un grand nombre de femmes et d'hommes non seulement choisissent de devenir journalistes mais le restent ou reviennent vers la profession, malgré un déséquilibre grandissant entre coûts et récompenses, est donc une entreprise essentielle. « Sachant qu'ils pourraient certainement gagner plus d'argent en dehors de l'industrie de l'information[14] », les journalistes entretiennent une relation toute particulière avec leur travail. Ceci n'en est que plus évident pour les femmes, au vu des difficultés exacerbées, et parfois uniques, qu'elles rencontrent.

Sur quoi repose donc cette croyance que « le jeu en vaut la chandelle », malgré les crises successives qui traversent le journalisme ? Surtout, cette croyance est-elle en train de s'effriter ? Tout en alertant sur les écueils qui persistent dans la profession et la menacent d'une crise

13. « Consultation sur l'état de bien-être des journalistes en France », EGI-Ipsos – CCIJP, *op. cit.*
14. Matthew Powers et Sandra Vera-Zambrano, *The Journalist's Predicament*, Columbia University Press, 2023.

des vocations, ce livre se veut aussi porteur d'espoir pour démontrer que, plus que jamais, le journalisme de qualité ne peut exister sans les femmes. Pour que cet *illusio* ne devienne pas une illusion.

CHAPITRE I
S'IMAGINER JOURNALISTE

Avant de *devenir* journalistes, la plupart des femmes avec qui nous nous sommes entretenues se sont *imaginées* journalistes. Loin d'être un simple «boulot», parfois désigné comme une «vocation» ou une «passion», le journalisme s'est surtout imposé dans leur vie comme une «évidence», ainsi qu'elles le décrivent. «J'ai l'impression que j'ai toujours voulu faire ça», témoigne Cécile Ollivier, grand reporter police/justice au magazine *Elle*. «Au départ, je voulais être astronaute et puis journaliste… C'est venu très tôt. Je ne comprenais pas bien ce que ça recouvrait mais, pour moi, ça représentait un métier marrant où il nous arrive plein de choses, des aventures.»

Mais lorsque l'on s'est imaginé journaliste très tôt, parfois dès l'enfance, peut-on facilement ne plus s'imaginer faire ce métier? Ces envies et rêves de journalisme ont-ils changé lorsque ces femmes sont non seulement *devenues* journaliste mais ont choisi de *rester* journaliste? S'interroger sur les fondements de cet imaginaire collectif, qui non seulement attire les femmes vers le journalisme mais également les retient, permet d'entrevoir les stratégies et ajustements mis en place pour asseoir leur croyance que le jeu en vaut bien la chandelle.

Un métier rêvé dès l'enfance

« Mes jeux d'enfants, c'était de m'enregistrer sur cassettes comme si je réalisais une émission de radio. Parfois aussi, je me mettais face au miroir et je faisais semblant de présenter le journal télévisé », se souvient Laetitia Limmois, journaliste vidéo au *Monde*, en évoquant ses premières envies de journalisme. « Je m'étais construit une sorte de petite caméra en papier et je faisais comme si je filmais des choses. » Quelques années plus tard, alors qu'elle doit choisir son orientation après le bac, une discussion avec sa mère lui fait prendre conscience que sa voie n'est pas la médecine, mais le journalisme. « C'est comme si elle avait levé le voile sur ma véritable vocation, ça a fait comme une étincelle », raconte Laetitia Limmois.

Rares, en effet, sont les journalistes interrogées qui sont allées vers le métier par hasard, au fil d'errements et d'incertitudes dans des filières universitaires ou des secteurs d'activité qui ne leur plaisaient pas. Plus des trois quarts d'entre elles datent avec précision leurs premières envies au moment de l'enfance ou de l'adolescence. Celles-ci sont liées à différents centres d'intérêt ou aptitudes. Le goût de l'aventure, l'aura qui entoure la profession ainsi que la passion de l'écriture comptent parmi les principaux attraits. Du fait de sa polysémie, ou des multiples aspects et formes qu'il peut revêtir, le journalisme permet en effet à beaucoup de s'y retrouver. « Ces attraits, qui varient en intensité selon les journalistes, sont cruciaux car ils renforcent la conviction qu'une carrière dans le journalisme vaut la peine d'être poursuivie », notent les chercheurs Matthew Powers et Sandra Vera-Zambrano[15]. Le journalisme fait également partie de ces métiers facilement identifiables et auréolés

15. *Ibid.*

d'une forte mythologie, à l'instar de l'enseignement, de la médecine ou encore de la justice. L'émergence de la figure du reporter au tournant du XXe siècle, au moment où se développe la grande presse populaire, contribue à forger ce mythe de l'aventurier, mû par des valeurs de liberté et de démocratie.

L'aventure

Cette envie d'explorer le monde, de partir pour apprendre, pour se confronter à la nouveauté et à l'imprévisible, est évoquée par plusieurs journalistes pour expliquer pourquoi elles ont très tôt décidé d'emprunter ce chemin. «Depuis toute petite, j'avais envie de voyager, d'aller le plus loin possible, dans les endroits les plus bizarres possible», se souvient Dorothée Olliéric, reporter de guerre à France 2:

> Je vais en vacances en Espagne, puis au Chili, et ça commence à piquer ma curiosité du monde et mon envie de comprendre comment ça se passe dans des endroits où la vie est plus compliquée qu'en France. Ma vie est somme toute assez simple, je grandis dans un milieu privilégié où je fais des études et où on m'encourage de façon totalement égalitaire par rapport à mes frères. Et pour tenter de comprendre ces vies plus compliquées, quel meilleur exemple qu'une dictature?

Pour Clémence Dibout, également grand reporter, le besoin de raconter des histoires humaines, qui «sont tellement plus fortes sur les terrains compliqués, dangereux», a aussi été sa première motivation. «J'ai toujours voulu être journaliste. J'ai su très tôt que je voulais faire ça, et ça a été mon premier métier. J'ai fait toutes mes études en conséquence, même si "reporter de guerre" ou "de zones compliquées" n'a pas forcément été verbalisé dès le début. »

Cette quête d'aventures à travers le journalisme n'est pas récente et trouve ses origines dès le XIXe siècle. À l'époque, les voyages à l'étranger sont un privilège restreint, et les journaux, à l'instar du *Figaro*, n'envoient que leurs reporters les plus connus et estimés à l'autre bout du monde. Émerge alors la figure du journaliste globe-trotteur, intrépide : le « Va-Partout », comme le décrit le grand reporter Pierre Giffard en 1880 dans son roman du même nom, celui prêt à coucher « sur une valise toujours bouclée en guise d'oreiller[16] ». Virginie (prénom d'emprunt), journaliste pour un média national d'actualité générale, se rappelle avoir été attirée par l'idée de faire un métier qu'elle considérait comme « masculin » :

> Je voulais être pilote d'avion, je voulais faire un métier d'homme parce que j'avais passé toute ma scolarité chez les bonnes sœurs et que je n'en pouvais plus. Je voulais faire un métier où on voit du pays [...] et, à l'époque, [le journalisme], c'était quand même un truc de baroudeur. Il y avait des images féminines, comme Christine Ockrent, qui présentait le 20 heures, mais on pouvait quand même ranger ça dans les métiers plutôt masculins.

Certains événements personnels permettent également de cristalliser ce rêve de journalisme. Pour Marine Saint-Germain Regini, journaliste avant de se reconvertir dans la psychothérapie, un voyage en Afrique du Sud à l'âge de 7 ans a été l'élément déclencheur :

16. Pierre Giffard, *Le Sieur de Va-Partout. Souvenirs d'un reporter*, Maurice Dreyfous, 1880.

L'institutrice m'avait demandé de faire un exposé sur ce voyage. J'ai alors tenu un journal, j'ai pris énormément de photos et, quand je suis rentrée, j'ai mis tout cela en page. Mon exposé, qui devait durer une vingtaine de minutes, a duré une heure et demie. Il s'est créé quelque chose à ce moment-là [...] : mes camarades étaient extrêmement attentifs à ce que je disais, alors que d'habitude ils étaient assez perturbateurs. Au dîner, le soir, j'ai demandé à mes parents quel était le métier pour faire ça toute sa vie et ils m'ont dit : « journaliste ». J'ai répondu : « OK, je serai donc journaliste. »

Depuis plus d'un siècle, ce mythe du grand reporter perdure, régulièrement alimenté par des récits, des films et des documentaires, ancrant ainsi le désir de journalisme même à un âge où les contours du métier sont encore flous. Aline Brachet, journaliste environnement à l'AEF, une agence de presse spécialisée, se souvient avoir rêvé de devenir reporter international en lisant les aventures de Tintin. Mathilde (prénom d'emprunt), une réalisatrice de documentaires indépendante, raconte comment certaines émissions telles qu'« Envoyé spécial », « Des racines et des ailes » ou encore « Thalassa » ont alimenté sa passion pour les voyages et déclenché son envie de journalisme. Pour d'autres, ce sont des événements géopolitiques vus à la télévision quand elles étaient enfants qui ont participé à la construction de ce mythe. Caroline Constant, journaliste à *L'Humanité*, se souvient, au moment de la révolution iranienne de 1979, d'un « reportage terrible où les journalistes avaient filmé des hommes qui entraient armés dans une université » :

J'ai tout fait pour retrouver ce reportage, en vain, mais ces images sont encore très ancrées dans ma tête. Ils ouvraient les placards et les armoires pour trouver où se cachaient les étudiants. Je n'avais pas le droit de regarder les infos à l'époque, car mes parents étaient hyper stricts. Mais je suis restée complètement tétanisée.

Le prestige

Sans nécessairement vouloir voyager à l'autre bout du monde, plusieurs journalistes évoquent avoir ressenti tôt ce besoin d'« aventures » (Elsa Freyssenet, journaliste aux *Échos*), de « vivre des choses extraordinaires à 100 milles à l'heure » (Marine Saint-Germain Regini), de « challenge, d'aller dans des endroits où je voyais bien qu'il n'y avait pas beaucoup de femmes et que ça n'allait pas être simple » (Mejdaline Mhiri, journaliste indépendante et coprésidente de l'association Femmes journalistes de sport), d'« accéder à plein d'univers différents, de côtoyer des politiques comme des personnes du monde de l'entreprise, mais aussi des gens de tous les jours, des anonymes » (Florence Donjon, rédactrice en chef adjointe à France 3 Toutes Régions). L'envie d'exercer un métier prestigieux car lié à des valeurs sociales et de démocratie sous-tend plusieurs de ces souvenirs sur le désir de s'ouvrir au monde.

Cette notion d'utilité du journalisme n'est pas récente, ayant été identifiée là aussi il y a plus d'un siècle, notamment en France et aux États-Unis[17]. Et, comme pour l'idée de mener une vie trépidante, l'espoir de jouer un rôle essentiel dans la société se forme parfois dès l'enfance. « C'était pour moi un métier de héros, raconte Delphine Tanguy, journaliste à *La Provence*. Je crois que j'ai toujours voulu être journaliste, même quand j'étais enfant. Mes parents étaient des lecteurs de presse, on était abonnés à beaucoup de titres. C'est un métier que je voyais un peu comme celui

17. Matthew Powers et Sandra Vera-Zambrano, « A game worth playing », *op. cit.*

de justicier, défendre la veuve et l'orphelin. » Pour Justine Gourichon, journaliste et responsable éditoriale, ses études d'histoire à l'université lui font prendre conscience de « l'importance du métier, qui est de rapporter l'information et de faire en sorte que les choses du passé ne se reproduisent pas, même si, manifestement, c'est un peu vain, je le constate aujourd'hui ».

Dès le XIXe siècle, les journalistes sont considérés comme des professionnels combattant les injustices, demandant des comptes aux tout-puissants et venant en aide à ceux qui souffrent. La célèbre Séverine, de son vrai nom Caroline Rémy, se fait notamment connaître pour sa lutte pour les droits de femmes, y compris celui d'avorter. À la même époque, Émile Zola marque son engagement dans l'affaire Dreyfus avec la publication de l'article « J'accuse… ! » dans *L'Aurore*. À ce moment-là, « la conviction que le journalisme valait la peine s'est renforcée par une traduction de l'*illusio* dans un registre de discours qui touchait à des horizons moraux, esthétiques et politiques plus vastes », écrivent Matthew Powers et Sandra Vera-Zambrano[18]. Pour Caroline Constant, de *L'Humanité*, cet *illusio* prend forme lorsqu'elle voit les images de la révolution iranienne :

> Mon père a mis des mots sur ce que je venais de voir en me disant qu'il était normal que les journalistes documentent cela, afin de nous permettre de mesurer l'horreur de la situation. Cette petite graine a été plantée dans ma tête à l'âge de 11 ans. J'ai commencé à dévorer les journaux. À 16 ans, quand je suis entrée au lycée, je savais que je voulais être journaliste, que je voulais faire une carrière littéraire, que je voulais obtenir une licence, passer par le CFJ [Centre de formation

18. *Ibid.*

> des journalistes, NDA] et intégrer une rédaction dont la ligne éditoriale soit en adéquation avec mes convictions. Et c'est notamment grâce à mon père, qui était à la base un ouvrier, m'expliquant à quoi sert le journalisme.

Quant à Inès (prénom d'emprunt), journaliste dans l'audiovisuel, ce sont les images du génocide au Rwanda, en 1994, qui agissent comme un révélateur de l'importance du journalisme : « Je me suis rendu compte qu'il y avait des gens qui rapportaient ces choses-là et que c'était très courageux. Je me suis alors dit que j'aimerais donner la parole aux personnes qui vivent des situations difficiles. C'est ça qui m'a motivée : aller voir ce qui se passe derrière les histoires difficiles. » Le besoin de mettre la lumière sur des situations méconnues ou cachées du grand public est, pour Arwa Barkallah, qui travaille pour le média en ligne *AJ+*, son moteur principal depuis le lycée :

> Je lisais beaucoup les rapports annuels d'Amnesty International et j'étais choquée par la dichotomie qu'il y avait entre ces documents et ce qu'on voyait à la télévision tunisienne. Sous Ben Ali, tout allait bien, tout était merveilleux, selon les journaux. Mais je lisais, dans les rapports, que les tortures dans les prisons étaient légion, que les conditions de détention étaient absolument déplorables en matière de droits humains. Je voulais enquêter sur cette dissonance et je me suis dit : « Je vais devenir avocate ou journaliste pour mettre la lumière sur des injustices comme celles-ci. »

Cette force d'attraction est aussi à trouver dans un processus d'identification rendu possible grâce à des modèles de journalistes. Étant donné l'exposition médiatique qu'elle implique, la profession crée des « héros » et des « héroïnes » auxquels le public, notamment jeune, peut facilement s'identifier. Arwa Barkallah évoque, entre autres, Patrick Bourrat, grand reporter pour TF1, renversé et tué au Koweït par un char en 2002: «Je me rappelle que ma mère avait pleuré devant la télé quand on avait annoncé sa mort. C'était un moment assez intense car je ne pensais pas qu'on pouvait s'attacher à des reporters à ce point-là.» Elle cite également, parmi ces figures emblématiques des années 1990, Nicolas Poincaré, Anne Sinclair, Christine Ockrent et Liseron Boudoul. Léna (prénom d'emprunt), journaliste free-lance notamment dans la presse féminine, évoque quant à elle «Élise Lucet plutôt qu'Anna Wintour» parmi les modèles qui lui ont donné envie «d'aller chercher des solutions, de mettre en lumière des problématiques de société».

L'écriture

Pour certaines, le journalisme offre également la possibilité d'associer plusieurs passions. C'est le cas de Léna, qui a très tôt eu l'envie «d'informer les gens» tout en cultivant son goût de l'écriture: «J'ai toujours écrit, depuis toute petite. Même ma maîtresse de CP avait dit à ma mère qu'elle pensait que je ferais un métier littéraire. J'écrivais des histoires, des nouvelles.» Comme pour l'envie d'aventures ou celle d'exercer un métier utile, ce penchant pour l'écriture affleure dès l'enfance. Lucile Guillotin, rédactrice en chef adjointe au service des sports de France Télévisions, dit avoir «retrouvé des vieilles rédactions de CE2 ou CM1 où j'écrivais que je voulais être journaliste». Évoquant les souvenirs de son père, elle explique que «c'étaient des petites nouvelles à 8-9 ans, des chroniques judiciaires. Je chaussais des lunettes sans verres et je rédigeais des faits divers ou des chroniques dans mes cahiers».

Caroline Constant, elle, a commencé dès l'âge de 7 ans à tenir un journal, « qui était plus une espèce de mini-reportage sur ma classe ». Elle raconte avoir toujours entretenu un rapport à l'écriture « assez fort » : « J'ai toujours aimé écrire, depuis toute petite. Même avant d'écrire, je gribouillais. » Idem pour la journaliste indépendante et autrice Anne-Sophie Novel, qui, très jeune, a envisagé l'écriture comme « une carrière », ou Rozenn Gourvennec, qui collabore avec plusieurs titres en presse écrite et se souvient avoir fabriqué à l'école, vers l'âge de 10 ans, « un petit journal. Ça m'a plu de trouver des sujets. J'aime écrire. J'aime apprendre aussi ». Pour une autre journaliste, Camille (prénom d'emprunt), qui travaille pour un grand média national, ce désir est venu plus tard, au lycée, mais toujours avec la même vigueur : « Je voulais écrire. Je voulais être soit journaliste, soit scénariste. Et je ne sais pas pourquoi, j'ai eu l'impression, à cette époque-là, que journaliste, c'était plus simple que scénariste. »

Cette passion pour l'écriture, que beaucoup partagent, n'est pas surprenante étant donné que le champ journalistique et le champ littéraire ont longtemps été intimement liés. En 1842, *Le Dictionnaire des professions* d'Édouard Charton[19] n'inclut pas celle de journaliste (il faudra attendre l'édition de 1880 pour qu'elle y fasse son entrée). À cette époque, « pour collaborer à un journal, on n'avait pas besoin de se dire journaliste ou, si on tenait à se parer de cette étiquette, on n'en faisait pas son titre principal. On était d'abord homme de lettres, avocat ou professeur », écrit l'ancien journaliste du *Monde* Thomas Ferenczi[20]. À la fin du XIXe siècle, le journalisme

19. Edouard Charton *et al.*, *Le Dictionnaire des professions*, Hachette, 1842.
20. Thomas Ferenczi, *L'Invention du journalisme en France*, Payot, 1993.

s'affranchit du littéraire et du politique, tout en conservant des liens forts avec ces deux champs. Métier intellectuel, artistique, politique, d'utilité publique… L'identité «floue[21]» du journalisme – sans formation obligatoire, sans code applicable à l'ensemble de la profession (à l'instar de l'Ordre des médecins ou des avocats) – inquiète certains, comme le raconte Léna :

> Mes parents étaient contre le fait que je sois journaliste, ils voulaient absolument que je fasse du droit et que je sois avocate. Je pense que c'était une question de sécurité. Journaliste, ça ne leur semblait pas suffisamment solide et ils trouvaient que ce n'était pas un métier d'avenir, qu'il y avait très peu d'élus pour intégrer de beaux médias.

Mais l'identité floue, polysémique, du journalisme permet d'y projeter différents désirs et aspirations. «Cette polysémie est productive, remarquent les chercheurs Matthew Powers et Sandra Vera-Zambrano. Elle nourrit la conviction [chez les journalistes] que le journalisme est digne de leurs efforts et fournit les idéaux auxquels [ils] s'adaptent ensuite[22].» Du fait de sa malléabilité, la profession peut donc s'adapter à des envies changeantes, évitant toute «dissonance cognitive[23]», ou tensions, entre ce que les personnes rêvaient de faire et leur travail au quotidien.

21. Roselyne Ringoot et Denis Ruellan, «Journalism as permanent and collective invention», *Brazilian Journalism Research*, n° 3(2), 2007.
22. Matthew Powers et Sandra Vera-Zambrano, *The Journalist's Predicament*, *op. cit.*
23. Leon Festinger, *A Theory of Cognitive Dissonance*, Stanford University Press, 1957.

Quand le rêve se fait identité

Lorsqu'on leur demande pourquoi elles sont encore journalistes malgré les difficultés souvent rencontrées pendant leur carrière, l'une des réponses les plus fréquemment données par nos interlocutrices est : « Je ne me vois pas faire autre chose. » Et pour la seule personne qui, depuis notre entretien, a décidé de changer de voie, ne plus se définir en tant que journaliste demeure difficile. Marine Saint-Germain Regini, qui s'est reconvertie pour devenir psychothérapeute, parle en effet d'un travail de « deuil » :

> Quand je rencontre de nouvelles personnes qui me demandent ce que je fais dans la vie, la première chose que je dis, c'est : « À la base, je suis journaliste. » Ça reste une part très importante de mon identité, ça fait partie de moi. C'est difficile de m'en détacher parce qu'il y a cette facette de moi qui reste convaincue que c'était une vocation que j'ai quittée malgré moi. Je pense que ça va prendre encore quelques mois pour me détacher de ça.

Les compétences acquises tout au long de leur carrière leur permettraient facilement de se réorienter vers d'autres secteurs comme la communication, l'enseignement, la recherche ou la psychologie. Pourtant, s'imaginer dans une autre profession est souvent difficile, comme le montre le cas de Marine Saint-Germain Regini. Elles ne *font* pas du journalisme, elles *sont* journalistes. Pour la plupart, cependant, ces aspirations et rêves d'enfance ont mué sans pour autant perdre de leur substantifique moelle. Alors que la passion de l'écriture est souvent intacte, l'aventure est rarement recherchée à l'autre bout du monde mais dans de nouvelles rencontres, de nouveaux sujets. Et le besoin d'exercer un métier utile n'est plus entendu seulement comme «défendre la veuve et l'orphelin» mais, plus généralement, comme continuer d'informer, de raconter des histoires humaines où qu'elles se trouvent. Si, depuis le XIXe siècle, les attraits pour le journalisme ont peu changé – la possibilité de mener une vie excitante, la connexion à des valeurs sociales, la possibilité de s'exprimer –, «les significations spécifiques qu'un journaliste associe à ces idéaux ne sont pas statiques. Elles reflètent ce qu'il estime pouvoir apporter au journalisme à un moment précis (en termes de compétences, d'intérêts, de passions) et ce que le journalisme peut lui apporter en retour (en termes de récompenses matérielles et symboliques)[24] ».

Ainsi, le décalage entre le métier dont ces femmes journalistes ont rêvé et celui qu'elles exercent est rarement vécu comme un renoncement ou un échec, mais davantage comme une évolution. Aline Brachet, qui s'imaginait reporter internationale, voyage finalement peu dans son poste actuel: «Je me suis rendu compte, en grandissant, en faisant des études, en devenant adulte, qu'il y avait ce côté un peu rêvé, parce que ce n'est pas du tout ce que je fais aujourd'hui! En réalité, je ne le regrette pas vraiment, car ça ne me correspond pas forcément.» Florence Donjon partageait le même rêve qu'Aline Brachet, c'est-à-dire «partir à l'étranger pour être soit correspondante, soit envoyée spéciale». Mais «la vie en décide autrement, il y a peu d'élus et puis ma sortie d'école a été un peu perturbée par des problèmes familiaux. Mais je ne le regrette pas. Si c'était à refaire, je le ferais comme ça». Pour Florence

24. Matthew Powers et Sandra Vera-Zambrano, *The Journalist's Predicament*, *op. cit.*

Donjon, le rêve s'est fait identité, lui permettant de transcender les difficultés rencontrées :

> Quand ma fille est née, je continuais à partir sur le terrain, même si c'était difficile en termes d'horaires. Donc je me suis dit : « Est-ce que ce n'est pas l'occasion de basculer du côté de la communication, de faire quelque chose en relation avec l'écriture, de faire passer des messages ? » En même temps, il y a une petite voix à l'intérieur de moi qui me dit que le journalisme fait partie de mon identité. Ça fait quinze ans que je fais ce métier et j'aurais du mal à me voir ailleurs. Ça me définit beaucoup, ça a façonné ma personnalité. Ce n'est pas la voie de la facilité, ça peut être quitte ou double, il y en a qui plient sous les exigences. Mais cet idéal de la profession fait qu'on continue.

Ses propos font écho à ceux de Delphine Tanguy : « Ce n'est pas juste mon métier, ça me définit. Je ne suis pas juste une femme, je suis une femme journaliste. Je me suis construite avec, j'ai commencé à 19 ans, je n'ai quasiment jamais été une adulte sans être aussi une journaliste. Ça structure ma pensée politique aussi. »

Des études ont montré que le décalage entre attentes et réalité peut parfois conduire à une forte désillusion, rendant impossible de continuer à donner du sens à son métier[25]. Ce fut notamment le cas de Marine Saint-Germain Regini : « Mon but dans la vie était de ne jamais être chez moi. Je n'avais pas d'attache géographique, je voulais ne pas avoir de routine, faire passer ma carrière avant tout et vivre des choses extraordinaires. J'ai été rattrapée violemment par la réalité. » Pour celles qui ont choisi de rester journaliste,

25. Jean-Marie Charon et Adénora Pigeolat, *Hier, journalistes. Ils ont quitté la profession*, Entremises Éditions, 2021 ; Florence Le Cam, Manon Libert et Lise Ménalque, *Être femme et journaliste. Enquête sociologique dans un monde masculin*, Université libre de Bruxelles, 2021.

des ajustements ont parfois été nécessaires afin de préserver cette passion.

« Le goût des autres »

« C'est la même curiosité qui est toujours là, le goût des autres. Ça ne s'est pas émoussé avec le temps », répond Delphine Tanguy, interrogée sur ce qui continue de la motiver. Thème récurrent dans le discours des journalistes, les rencontres – et, à travers ces rencontres, le renouveau intellectuel constant, l'absence de routine, la possibilité d'assouvir sa curiosité – forment le fil conducteur entre leurs premières envies de journalisme et la réalité du métier. Laetitia Limmois dit adorer « raconter des "histoires" au format reportage, par exemple : aller à la rencontre de personnes qui changent les choses ou découvrir de nouvelles pratiques, cultures, etc. » Le besoin de partir loin n'a jamais quitté Dorothée Olliéric, qui, sur les terrains de guerre, recherche ces sentiments « exacerbés », ce « piment » : « J'ai besoin de cette vie extraordinaire, de ces rencontres, de ce côté humain… Quand on partage les mêmes galères, quand on se protège des mêmes bombes, des mêmes balles de *sniper*, ça crée des liens très forts. »

Pour beaucoup, cependant – qu'elles soient cheffe d'édition, chroniqueuse, journaliste en PQR ou correspondante judiciaire –, l'aventure n'est pas, ou plus, à l'autre bout du monde mais dans cette absence de routine. Lucile Guillotin s'enthousiasme, par exemple, à l'idée de rarement connaître son programme chaque matin :

> [Le journalisme], c'est la nouveauté sans arrêt, c'est apprendre plein de choses. Je me couche le soir et je me dis : « J'ai appris ça, je ne savais pas ça. » Et puis j'adore le côté « équipe », j'aime aussi former

des jeunes, j'aime bien transmettre. Je me nourris des autres, j'aime raconter des histoires, des vraies !

Dans cette nécessité d'être curieuse, de se documenter, d'aller à la rencontre de personnes pour comprendre des problématiques, des situations, plusieurs de nos interlocutrices disent se sentir exactement à leur « place » (Florence Donjon), ne pas se voir « faire autre chose » (Rozenn Gourvennec). Justine Gourichon se décrit comme « un poisson dans l'eau » dans le journalisme :

> Le journaliste, c'est celui qui connaît tout et qui ne connaît rien, c'est celui qui va avoir envie de se renseigner parce qu'il ne connaît pas. Le journalisme, c'est apporter une connaissance au plus grand nombre. Donc mon désir est toujours le même. Je me souviens de l'entretien qu'on a passé pour entrer au Celsa [École des hautes études en sciences de l'information et de la communication, NDA] : à la question « pourquoi le journalisme ? », j'avais répondu « mais pour passer l'information ! ». C'est toujours ça, aujourd'hui, qui m'intéresse.

Connaître le monde qui les entoure mais également se connaître elles-mêmes. Plusieurs de nos témoins évoquent cet aspect qui les lie intrinsèquement au journalisme, à l'instar de Ségolène Barbé, qui pige pour la presse écrite : « Ce que j'aime dans ce métier, c'est qu'on apprend des choses sur soi-même. Il y a des périodes de solitude, où personne ne vous répond. Vous envoyez des idées, pas de nouvelles… Mais je continue de proposer, de réfléchir à d'autres idées, de m'enthousiasmer. » C'est ainsi que nombre d'entre elles donnent du sens à leur profession. « J'ai parfois des moments d'abattement, parce que la presse va mal, que mon journal actuel ne va pas bien, raconte Delphine Tanguy. Mais, même quand je suis abattue, il y a quelqu'un qui va m'appeler pour me donner une info, ou mon chef va me mettre sur un sujet et je vais rencontrer une réalité, des gens. »

Cette ouverture au monde et ces rencontres – avec les sources, avec les collègues, mais également avec le public – constituent l'une des récompenses symboliques principales obtenues en échange de leur investissement dans la profession, préservant ainsi leur *illusio*. Pour Caroline Constant, échanger avec les lecteurs, couvrir une variété de sujets, avoir la possibilité de s'exprimer « sont des choses qui font que le bénéfice l'emporte sur les moments difficiles ». Face à une diminution parfois importante des récompenses, notamment matérielles, la plupart des femmes interrogées considèrent que la richesse intellectuelle et émotionnelle qu'offre le journalisme mérite certains sacrifices, que ce soit au regard des horaires, du salaire, de l'organisation du travail ou encore de l'équilibre entre vie personnelle et vie familiale. Elsa Freyssenet, journaliste aux *Échos*, donne l'exemple d'un reportage qui l'a « reboostée » alors qu'elle était épuisée émotionnellement, après plusieurs mois d'une crise interne au journal, sans directeur de la rédaction :

> Je réussis à aller dans une réserve amérindienne où se trouve une femme de 94 ans qui a vécu toutes les luttes de son peuple. Je ne connais pas grand-chose à la culture amérindienne, mais j'écoute, je demande des précisions, je comprends et, par quelques réflexes humains et des plaisanteries communes, j'entre en résonance avec elle, dans le sens où elle me dit : « Vous êtes en train de mettre des mots sur ce que je voulais vous dire. » C'est ce que j'aime [dans le journalisme].

En filigrane dans les propos d'Elsa Freyssenet, et dans ceux de plusieurs journalistes citées précédemment, se lit aussi le sentiment de faire quelque chose d'important. Cette connexion à des valeurs sociales plus larges est l'autre attrait qui, pour beaucoup de femmes, persiste, sous une forme ou sous une autre, une fois confrontées à la réalité du journalisme.

« Être utile »

Si elles sont peu nombreuses à penser pouvoir encore changer le monde, la plupart des femmes journalistes interrogées considèrent cependant qu'elles exercent un métier utile (« On participe à quelque chose de commun et qui a une utilité », dit Florence Donjon). Cette question d'utilité est importante à deux égards : elle permet, d'un point de vue personnel, de faire vivre ce désir de journalisme et de se dire que le jeu en vaut toujours la chandelle ; elle agit également comme un ciment pour la profession, en évitant une hémorragie vers d'autres secteurs d'activité, tout en continuant d'attirer les jeunes générations.

Signe de son importance dans l'idéologie du journalisme, la question de l'utilité est un thème récurrent dans les sondages d'opinion, que ce soit auprès du public ou des professionnels eux-mêmes. Selon une enquête menée au printemps 2024 par les États généraux de l'information et Ipsos, 97 % des journalistes considèrent que leur métier est avant tout « utile pour la société française » et, pour la majorité d'entre eux, encore plus qu'il y a quelques années[26]. Quant au public, seules 9 % des personnes interrogées estiment que les informations ne sont pas utiles dans

26. « Consultation sur l'état de bien-être des journalistes en France », EGI-Ipsos – CCIJP, *op. cit.*

leur vie quotidienne, d'après la 38e édition du baromètre *La Croix*-Verian-La Poste de janvier 2025 sur la confiance des Français dans les médias. Plusieurs études et rapports ont cherché à quantifier et à qualifier cette notion d'utilité ; si celle-ci est rarement contestée, elle possède cependant une plus grande part de subjectivité comparée à d'autres professions[27]. En se concentrant sur ce que le public perçoit comme un journalisme de valeur plutôt que sur son contenu ou son approche, la chercheuse Irene Costera Meijer démontre que la notion d'utilité se cristallise autour de trois expériences : « Apprendre quelque chose de nouveau, obtenir une reconnaissance et accroître la compréhension mutuelle[28]. »

Ces résultats rejoignent les raisons pour lesquelles les journalistes interviewées considèrent que leur métier reste utile. « Rendre accessible une information au plus grand nombre de personnes possible » est, par exemple, l'une des motivations principales de Laetitia Limmois. Pour la reporter de guerre Clémence Dibout, « plus c'est compliqué d'aller chercher ces histoires, plus c'est important d'y aller ». Quant à Arwa Barkallah, elle se dit animée depuis le début par « l'intérêt général, l'intérêt public et l'envie de vulgariser ». Le sentiment de « pouvoir influencer l'avis des lecteurs sur de grands sujets » est parfois exprimé (Muriel Breiman, rédactrice en chef adjointe du service économie à *L'Express*). Pour d'autres, il s'agit avant tout de « mieux éclairer » des questions comme l'écologie (Anne-Sophie Novel)

---

27. Voir notamment les travaux d'Irene Costera Meijer sur le « *valuable journalism* » (« journalisme utile ») ; Michael Schudson, *Why Democracies Need an Unlovable Press*, Polity Press, 2008.
28. Irene Costera Meijer, « What is valuable journalism ? Three key experiences and their challenges for journalism scholars and practitioners », *Digital Journalism*, n° 10(2), juin 2021.

et/ou de « mettre en lumière » certaines personnes pour casser les stéréotypes, à l'instar de Ségolène Barbé : « J'ai écrit beaucoup d'articles sur des femmes qui travaillent dans le numérique ou dans la science. Je trouve ça important de mettre en lumière des femmes qui font des choses, qui créent des associations, etc., mais aussi des problématiques qui les concernent plus particulièrement. »

Le sentiment d'avoir du pouvoir est en revanche rarement évoqué, sauf par trois d'entre elles, dont Ariane Lavrilleux, qui travaille pour le média en ligne d'investigation *Disclose* et a cofondé l'association de femmes journalistes Prenons la Une. En septembre 2023, elle est placée en garde à vue et son domicile est perquisitionné, à la suite de deux plaintes du ministère des Armées pour compromission du secret de la défense nationale, en lien avec une série d'enquêtes à laquelle elle a contribué sur une opération de renseignement française en Égypte. En janvier 2025, la journaliste, qui craignait d'être mise en examen pour « divulgation du secret de la défense nationale », est finalement placée sous le statut de témoin assisté. Pour elle, le journalisme n'est pas un contre-pouvoir, mais « un pouvoir tout court » :

> J'ai accès à l'espace public, je peux influencer la perception des gens, leur réalité, *a minima* leur compréhension du monde. On peut sortir des informations qui vont permettre aux citoyens de réclamer des comptes aux dirigeants, de faire changer des lois, d'améliorer *in fine* la société – ça, c'est le but du journalisme d'investigation. Sans verser dans le pathos, je vois très bien, dans mon entourage proche et familial, ce que cela veut dire de ne pas avoir la parole, surtout face aux autorités. Avoir cette possibilité d'interroger, de réclamer, de poser des questions aux dirigeants quels qu'ils soient, aux personnes qui ont un petit territoire de pouvoir, c'est extraordinaire.

En tant que «journaliste racisée», Nora Hamadi (France Inter) parle également de pouvoir et de responsabilité : «Je [suis] une espèce de symbole pour les banlieusards, les afrodescendants ou asio-descendants, je porte une parole qui est rare. L'idée de donner la parole [...] est hyper forte. C'est un pouvoir incroyable. Les journalistes qui croient ne plus avoir de pouvoir [...] ne conscientisent pas l'espace politique dans lequel on est.» Margaux Bédé, journaliste radio et cofondatrice de la société de production Renée Prod, la rejoint sur la notion de «responsabilité», principalement à l'heure où «la parole des journalistes porte moins qu'auparavant». Elle se dit également toujours très enthousiaste dans sa vie professionnelle : «Je me retrouve à faire un podcast où je ne parle que d'océan avec des chercheurs, des pointures dans le milieu de l'océanographie. Je suis avec des jeunes et j'apprends tous les jours plein de choses géniales.»

Pourtant, chez certaines, la réalité du métier et la perception de son peu d'influence dans la société les conduisent à se sentir blasées, d'où un effritement de l'*illusio*. «Les idéaux que j'avais en sortant de l'école de journalisme, au fur et à mesure, je les ai un peu perdus», témoigne Aude Soufi-Burridge, chroniqueuse internationale pour la chaîne de télévision Franceinfo. En cause, le sentiment d'avoir consenti de nombreux sacrifices au journalisme sans nécessairement en retirer des bénéfices, comme celui de pouvoir influencer le public : «J'ai toujours une énorme conscience professionnelle, je fais mon travail aussi bien que possible et puis je m'en vais. J'ai appris à me détacher un peu. Je suis moins impliquée émotionnellement parce que j'en souffrais pas mal». Malgré tout, Aude Soufi-Burridge se dit toujours animée d'une «mission» : celle de

« faire changer les choses auprès de mes enfants, de ma fille et de mes fils, notamment sur tout ce qui est harcèlement sexuel. J'en parle à ma fille mais surtout à mes fils. On n'aurait pas à préparer nos filles si tous les garçons avaient été bien éduqués ».

Comme pour beaucoup de professions rêvées, l'écart entre idéaux et réalité est souvent inévitable. Mais par certains ajustements, que ce soient de nouveaux intérêts, de nouveaux objectifs ou des aspirations plus en phase avec leur quotidien, la plupart des femmes que nous avons interrogées continuent de faire vivre ce désir de journalisme. Toutefois, ces aménagements ne sont pas anodins. Ils incitent à s'intéresser à la réalité du métier pour les femmes journalistes, ainsi qu'aux stratégies concrètes qu'elles mettent en place pour maintenir ce fil conducteur entre leurs premières aspirations et leur travail au quotidien.

CHAPITRE II
DEVENIR JOURNALISTE

On ne naît pas journaliste : on le devient. Au-delà du clin d'œil à Simone de Beauvoir, il s'agit de comprendre le processus par lequel les femmes s'affirment en tant que journalistes, à tel point que, pour certaines d'entre elles, le métier se fait identité. En racontant leurs études et stages, leurs premiers pas dans la profession, et la façon dont elles concilient vie professionnelle et vie personnelle, en abordant la question de l'exposition médiatique et les évolutions de la profession, les femmes que nous avons interrogées donnent à voir ce qui continue de les passionner dans le journalisme.

Leurs témoignages permettent également de comprendre pourquoi la réalité du métier correspond rarement aux premiers rêves décrits précédemment, chaque idéal possédant un versant moins reluisant. L'aventure ? Elles se confrontent au manque de stabilité financière et de place pour la vie personnelle. Le prestige ? Elles se heurtent à la dévalorisation accrue du journalisme, qui touche les femmes en premier lieu et les enferme dans des stéréotypes. Plusieurs d'entre elles disent aussi avoir été victimes dans leur carrière de discriminations, de sexisme, de racisme et/ou de harcèlement. Mais beaucoup insistent sur le fait que le cœur du métier demeure intact – informer, aller à la rencontre des autres, découvrir, écrire –, permettant ainsi d'entrevoir pourquoi, et comment, elles continuent de donner du sens à leur pratique.

Les études et les premiers stages

Si, pour beaucoup, le désir de journalisme est présent depuis l'enfance ou l'adolescence, les études et les premiers stages constituent un moment charnière dans cette conviction d'avoir choisi la bonne voie. Elles découvrent par exemple leur appétence pour la télévision ou la radio, leur talent pour l'écriture, l'enquête, l'interview, etc. Ces premiers tâtonnements permettent également de se confronter à la réalité du métier, parfois de façon brutale, certaines faisant l'expérience, pour la première fois, de l'exclusion, du sexisme et/ou du racisme.

Le déclic

Pour Ségolène Barbé, journaliste pigiste pour la presse écrite, le déclic intervient à Sciences Po-Paris. Ce passage rue Saint-Guillaume, où la lecture assidue des journaux est un impératif, lui permet de mettre enfin des mots sur ses envies professionnelles :

> Ce métier réunissait plein de choses que j'aimais : le fait d'écrire, mais aussi d'être curieuse du monde qui m'entourait, la possibilité d'atteindre plein de gens qu'on n'atteindrait pas forcément si on [n'était pas journaliste], et donc d'avoir accès à plein de sources d'information et de pouvoir se renseigner sur plein de sujets. C'est ça que j'aime dans ce métier.

Certains idéaux et mythes liés à la profession prennent forme à ce moment-là : l'absence de routine, la possibilité de mener une vie trépidante et ouverte sur le monde, l'accès aux cercles restreints du pouvoir. Le temps de la spécialisation, qui permet aux étudiantes de se former plus spécifiquement à la radio, à la télévision ou à la presse écrite, joue aussi pour beaucoup dans la cristallisation d'une vocation, après des moments de doutes et d'incertitudes. Inès, journaliste dans l'audiovisuel, décrit comment, en s'essayant à la télé, elle s'est «retrouvée dans [son] élément». «C'était mon média de prédilection», dit-elle. Les études permettent aussi à ces futures professionnelles d'affiner leurs envies de journalisme pour qu'elles adhèrent plus fortement à leur identité, évitant ainsi toute dissonance cognitive. Dénonçant un «grand formatage» – que François Ruffin avait déjà stigmatisé dans son livre *Les Petits Soldats du journalisme*[29] –, Justine Gourichon décrit le besoin de s'inscrire en décalage, pendant ses études, pour donner du sens à son futur métier:

> La hiérarchie de l'information ne me plaisait pas, la manière dont les choses étaient triées et ce qu'on mettait en avant ou pas. Ayant un penchant pour tout ce qui était culturel, je me souviens de moments de désarroi. L'école de journalisme était vraiment faite pour les gens qui voulaient traiter l'actualité de manière chaude. Moi, je n'avais pas envie de faire du *news*, je voulais traiter l'actualité d'une manière un peu différente. Là où j'ai vraiment senti que ça m'intéressait, c'est quand un prof nous a demandé d'aller chercher une info qu'aucun média n'avait traitée. Et là je me suis dit: «Eh bien voilà!»

Pour la plupart de celles que nous avons interviewées, y compris celles passées par des écoles de journalisme, c'est surtout la première expérience de terrain qui agit comme révélateur. Un sentiment de liberté et d'autonomie est le souvenir qui prédomine, résonnant avec l'envie d'aventures à laquelle certaines aspiraient enfant. Arwa Barkallah, journaliste pour le média en ligne *AJ+*, décrit l'un de ses

29. François Ruffin, *Les Petits Soldats du journalisme*, Les Arènes, 2003.

premiers voyages à l'étranger, à Montréal, à l'occasion d'un stage dans une société de production audiovisuelle : « Ils m'avaient recrutée parce que je parlais plusieurs langues et j'étais trop contente parce qu'il y avait un candidat de Sciences Po face à moi – je crois que j'aurai toujours un complexe par rapport à Sciences Po. C'était aussi la première fois que je voyageais seule, à part pour aller en Tunisie. » Si le sentiment d'exercer un métier trépidant se cristallise lors de ces premiers voyages – « Il y avait un petit côté international à Bruxelles que j'adorais » (Inès) – il se dessine aussi dans tous les premiers scoops, comme le raconte Dorothée Olliéric :

> Je suis arrivée à 23 ans en stage d'été à Antenne 2 [le nom de France 2 à l'époque] et j'ai réussi à me faire remarquer avec un reportage sur un agriculteur qui avait trouvé, pas très loin de Lascaux, quelques grottes avec des peintures rupestres. J'ai proposé ce sujet avant même qu'il y ait une dépêche. Et je me souviens que mes chefs ont trouvé ça très sympa, notamment Marcel Trillat, qui était un très grand journaliste et qui a écrit mon nom dans son petit carnet avec la mention « à surveiller ».

Ainsi, être journaliste confère un statut particulier : pouvoir accéder à des milieux très différents, y compris du sien, être reconnue sans nécessairement être connue. Pourtant, cette reconnaissance sociale qu'évoquent en filigrane Dorothée Olliéric et Arwa Barkallah à propos de leurs stages est peu abordée par nos témoins. À l'inverse, les études sont, pour plus d'un tiers des femmes interrogées, l'occasion de réaliser qu'elles ne font pas partie du même monde que leurs camarades.

Les codes : en avoir ou pas

« Je n'avais pas les codes. » Cette phrase revient très souvent pour décrire les débuts en école de journalisme. Cette absence de codes fait écho aux concepts de capital social, culturel et économique, ou plus généralement de capital symbolique, développés par Pierre Bourdieu[30]. Pour le sociologue, c'est l'accumulation de ressources propres à une activité – qu'elles soient matérielles ou immatérielles, comme le savoir-faire, les diplômes et les réseaux – qui permet à certains individus d'obtenir des avantages sociaux.

En l'absence d'études comparatives hommes/femmes sur le sujet, il est difficile d'affirmer que le sentiment de « ne pas avoir les codes » – ou de « ne pas avoir les mêmes codes » – affecte plus souvent ces dernières dans le journalisme. En revanche, plusieurs travaux basés sur ces concepts bourdieusiens soulignent que le genre et les origines ethniques constituent des formes de capital symbolique qui, dans de nombreux secteurs d'activité, profitent aux hommes blancs[31].

Pour certaines, cette prise de conscience de ne pas avoir les mêmes codes que les autres apparaît dès le choix de l'école de journalisme. Elles intègrent un établissement non reconnu par la profession et/ou l'État, faute de connaître toutes les subtilités liées à la formation, comme le raconte Laetitia Limmois, journaliste au *Monde* :

---

30. Pierre Bourdieu, *Raisons pratiques*, *op. cit.*
31. Leslie McCall, « Does gender fit ? Bourdieu, feminism, and conceptions of social order », *Theory and Society*, n° 21(6), décembre 1992 ; Richard T. Harrison, Claire M. Leitch et Maura McAdam, « Margins of intervention ? Gender, Bourdieu and women's regional entrepreneurial networks », *Entrepreneurship & Regional Development*, n° 36(3-4), janvier 2024.

Moi qui ai grandi ailleurs, en Martinique, je n'avais aucun code, je ne savais pas quelle école choisir. Je ne connaissais ni les établissements ni les formations. J'ai fait des recherches un peu rapidement pour essayer de comprendre comment ce système fonctionnait. Et puis je suis tombée sur une école qui avait l'air super mais qui, en fait, n'était pas reconnue par la profession.

Si ses études se sont passées sans encombre, Laetitia Limmois épingle néanmoins des lacunes dans l'enseignement, qu'elle a tenté de combler par plusieurs stages. Pour Arwa Barkallah, le fait d'avoir grandi en banlieue parisienne a joué dans le choix de son école, la question géographique s'ajoutant à la dimension économique : « Je n'ai pas pu passer tous les concours d'écoles de journalisme à Lille, Bordeaux, etc., parce que je n'avais pas les moyens de prendre le TGV. » Idem pour celles qui n'ont eu d'autre choix que d'intégrer un établissement public. Cécile Ollivier, grand reporter à *Elle*, considère que, quand elle était étudiante, les opportunités n'étaient pas les mêmes entre public et privé : « [L'école] était gratuite mais on ne partait pas avec les mêmes chances que si on faisait le CFJ ou l'ESJ [École supérieure de journalisme, à Lille, NDA]. Si vous vouliez aller en télé, ce n'était pas le même niveau de formation ni les mêmes réseaux. On a senti la différence à la sortie. » Florence Donjon, rédactrice en chef adjointe à France 3 Toutes Régions, confirme ce sentiment de décalage :

C'est quelque chose qu'on n'apprend pas en école mais on est dans un petit monde, c'est beaucoup de réseau. On ne t'apprend pas à réseauter, on ne t'apprend pas à décoder la profession et à savoir comment ça marche. Tu le découvres au fur et à mesure.

La journaliste Nora Hamadi pointe aussi du doigt les inégalités économiques qui, dès les études, créent des biais : « Je ne pouvais pas reprendre une école de journalisme parce que je ne pouvais pas me permettre de m'arrêter deux ans. Il fallait que je bosse. Qui a la capacité d'arriver à une licence 3, voire à un master, avant de présenter des concours d'école en payant ? »

Ces biais sont également présents lors des épreuves de concours aux écoles, comme l'indique Camille, qui travaille pour un grand média national : « À Bordeaux, les oraux étaient un peu moins flippants, ils étaient plus axés sur le projet professionnel et il n'y avait pas d'épreuves de langues à l'oral. Or j'étais nulle en anglais... Les langues vivantes, par exemple, c'est vraiment un biais social. » Les oraux sont souvent le déclencheur d'une prise de conscience de ces différences de capital culturel, comme le suggère Aline Brachet, journaliste spécialisée dans les politiques de l'énergie, du climat et de l'environnement : « À [un oral], j'avais dit que j'adorais France Inter et des émissions qui n'étaient pas du tout d'actualité. Ils s'étaient complètement foutus de moi en disant que ce n'était pas vraiment du journalisme. Donc, après, je me suis dit : "Arrête tes conneries et entre dans le moule". Je me suis autocensurée. » D'autres se censurent en choisissant une école non reconnue, à l'instar de Margaux Bédé, qui a monté sa société de podcasts :

Mon objectif, c'était de faire mes trois ans pour arriver rapidement sur le marché du travail. Et puis, par rapport à ce fameux syndrome de l'imposteur, je me disais : « De toute manière, j'ai une culture générale tellement nulle que je ne serai jamais prise dans les grandes écoles. » La dimension « concours » me stressait beaucoup. Mais j'ai un peu

> déchanté quand j'ai vu toutes les montagnes qu'il fallait soulever quand on faisait une école qui n'était pas reconnue.

Une fois l'école de journalisme intégrée, qu'elle soit ou non reconnue par la profession, le sentiment de ne pas avoir les bons codes s'exacerbe, surtout pour celles ayant étudié à Paris. Cet aspect n'est pas anodin ; il a fait l'objet de plusieurs travaux de recherche concernant la centralisation excessive des grands médias français dans la capitale et les problèmes que cela pose en termes de représentation et de reproduction des élites[32]. Nora Hamadi souligne également que le manque de diversité dans les rédactions découle directement d'un manque de diversité au moment de la formation :

> Les grands médias nationaux sont globalement dans une forme d'endogamie sociale crasse. Quand on voit qu'il faut avoir un niveau licence ou master, que derrière il faut payer une école ou une prépa (même si tu as l'aide de l'association La Chance). Il faut ensuite [une fois le concours décroché] aller s'installer à Tours ou à Lannion pour suivre les études, et payer un loyer sans pouvoir travailler en parallèle pendant deux ans, car l'école, c'est un temps complet. En fin de compte, on se retrouve avec des rédactions essentiellement blanches, urbaines et CSP+. Tu te retrouves avec des journalistes qui ont été sur les mêmes bancs d'école que Gabriel Attal. Ce niveau d'entre-soi entre la presse, les politiques et les hauts fonctionnaires est hyper dangereux.

Pour près d'un quart des journalistes interrogées, cette impression d'être en dehors du système devient rapidement flagrante. Arwa Barkallah, pour qui, « à la maison, il

32. Rémy Rieffel, *L'Élite des journalistes*, PUF, 1985 ; Rodney Benson, Mark Blach-Ørsten, Matthew Powers, Ida Willig et Sandra Vera-Zambrano, « Media systems online and off : comparing the form of news in the United States, Denmark, and France », *Journal of Communication*, n° 62(1), février 2012.

n'y avait pas de livres, à part des encyclopédies», parle de «violence symbolique» pendant ses études:

> Il y avait trois groupes dans ma promo: ceux qui vivaient dans le 15e arrondissement de Paris, avec des noms à particules; les personnes qui venaient de province, comme la Bretagne ou la Picardie; et les banlieusards. On ne s'entendait pas trop mal mais, quand on discutait en classe des sujets, des idées de reportages, on n'avait pas du tout les mêmes préoccupations, les mêmes aspirations... On sentait qu'il y avait un sérail.

Outre le sentiment de ne pas avoir la même culture, ou la «bonne» culture, comparé à certains de leurs camarades – «Je regardais les journaux télévisés, mais c'est tout. Je me suis sentie un peu moins cultivée que pas mal de personnes de ma promo qui écoutaient "Le masque et la plume" sur France Inter et qui avaient fait des prépas littéraires» (Inès) –, c'est surtout la question des réseaux que pose cette différence de capital symbolique, comme l'ont évoqué Cécile Ollivier et Florence Donjon. Pour Arwa Barkallah, lorsqu'on habite dans le 15e arrondissement, il est plus facile de connaître «quelqu'un qui connaît quelqu'un qui travaille à Radio France, par exemple». Laetitia Limmois dénonce également cet entre-soi: «Dans ces écoles privées payantes, il y a souvent des enfants dont les parents font déjà ça, comme une forme de "népotisme". Ils ont déjà certains contacts, ils savent qui appeler pour demander à ceux qui ont déjà un pied dedans.» D'où le sentiment, pour beaucoup, de devoir travailler davantage pour accéder aux mêmes opportunités et faire sa place.

Le fait d'être une femme joue aussi dans cette impression de ne pas faire partie du système, comme en témoigne

Clémence Dibout, grand reporter à BFM TV : « C'était moins évident, comparé à certains collègues hommes bien nés, que les places prestigieuses puissent nous revenir. Je sentais déjà à l'époque que certains de nos camarades de classe avaient plus facilement accès aux grandes rédactions. » Le genre comme capital symbolique, c'est aussi ce qu'illustrent les propos de Mejdaline Mhiri, journaliste indépendante et coprésidente de l'association Femmes journalistes de sport : « Tu te rends compte que, dans les écoles de journalisme, dès le début les filles ont ce sentiment d'illégitimité. Elles se disent : "Je m'y connais moins que le mec qui fait du foot depuis dix ans". » Sans ces codes d'entrée, qui participent de la reproduction des élites médiatiques, les premiers pas dans la profession sont parfois difficiles. Pour la journaliste et autrice indépendante Anne-Sophie Novel, obtenir une première carte de presse a été un parcours du combattant :

> [À l'époque], j'ai une thèse, je suis une jeune femme de 25 ans, je n'ai pas fait d'école, donc je n'ai pas la carte de visite, ni la validation de compétences, ni le pedigree qui va bien pour entrer dans ce système médiatique parisien. J'ai pris beaucoup de vents, ça a été très compliqué. En plus, quand on fait de l'écologie, on est perçu comme quelqu'un de militant et d'engagé.

Cette nécessité de se démener beaucoup plus pour se faire une place revient souvent dans le témoignage des femmes n'ayant pas intégré une école reconnue par la profession et/ou qui ont dû travailler pendant leurs études, soit plus d'un tiers des journalistes interviewées.

Précarité et rythmes épuisants

Le rythme effréné des premiers mois, et pour certaines des premières années, se conclut parfois par un burn-out. Une journaliste décrit comment ses années d'études en alternance et les stages à répétition ont eu raison de sa santé mentale :

> Après l'alternance, j'ai fait un énorme burn-out et une grosse dépression à cause de ce rythme. Les relations entre mon média et moi étaient très tendues parce que je vivais une forme de harcèlement de la part du directeur. Mes responsables m'ont fait comprendre qu'ils n'allaient pas m'embaucher parce que reprendre un alternant était beaucoup plus économique que de payer un CDI. Je n'ai pas cherché à lutter. Je voulais juste prendre quelques vacances [...] qui se sont transformées en paralysie mentale au bout de quelques mois. J'ai voulu tout arrêter, c'était la fin de mon monde. J'ai mis beaucoup de temps à me relever, avec des doutes sur mon choix de carrière.

Beaucoup pointent aussi du doigt le fait de devoir parfois enchaîner les petits contrats pendant plusieurs mois, voire plusieurs années, dans l'espoir de décrocher un CDI. Outre une cadence épuisante, la précarité est un thème récurrent. « J'ai fait des CDD d'été à Aix-en-Provence, à Grenoble, à Nice, etc. Mes chefs étaient tous contents et m'ont tous rappelée pour des piges, mais seulement pour quelques jours. Et il fallait payer le logement et les frais sur place. Très vite, je me suis dit : "C'est un peu ridicule, je vais payer pour bosser" », se souvient Aude Soufi-Burridge, journaliste de télévision. Lucile Guillotin, rédactrice en chef adjointe au service des sports de France Télévisions, raconte être passée par vingt-deux rédactions locales en quatre ans après sa sortie d'école :

> Tu es de la chair à canon : tu finis le dimanche à Guéret, le lundi on te demande d'être à Dijon, ce qui est totalement illégal. Tu n'es pas très bien payée, c'est le système de la débrouille. Alors oui, on va dire que c'est formateur, que c'est une formation accélérée. Professionnellement, tu es blindée, tu sais tout faire en sortant. Mais il faut une grosse détermination. C'est aussi un sacrifice énorme sur le plan personnel. Aujourd'hui, c'est un peu plus encadré, heureusement.

Qu'il s'agisse de piges, de stages peu ou pas rémunérés ou de CDD de très courte durée, ces statuts précaires constituent souvent un passage obligé pour celles qui tentent de se faire une place dans la profession. Pour Laetitia Limmois, cela « a duré longtemps : un an ». Mejdaline Mhiri fait état d'un système D pour tenter d'acquérir de l'expérience :

> J'arrive à trouver une entreprise qui vend des conventions de stage, et du coup je paye cette entreprise 150 euros pour être en stage à mi-temps. Mais j'ai toujours été quelqu'un d'assez indépendant, je suis partie de chez ma mère à 20 ans et j'ai un loyer à payer. Donc le reste du temps, je suis pionne.

Cette croyance que le jeu en vaut la chandelle reste très prégnante lors des premiers pas dans le métier, quitte à accepter une forte précarité, comme l'indique Margaux Bédé : « [Dans une radio nationale], j'avais dû monter mon autoentreprise, donc pas de carte de presse, payée à peine le Smic, mais à me dire : "J'ai de la chance d'être là, alors je me tais... Je peux partir mais, derrière, il y en a plein qui veulent faire ça". » D'autres choisissent de s'éloigner de Paris pour continuer de faire vivre leur désir de journalisme, à l'instar de Florence Donjon : « Je suis passée par tout ce qui était télé régionale ou locale, ce qui représente un changement par rapport aux grosses rédactions parisiennes. Il y avait un raisonnement économique derrière. Je ne me voyais pas être pigiste à Paris. Il y a trop de précarité associée à cela. »

Ces considérations économiques jettent aussi une lumière crue sur les disparités de genre qui persistent dans le métier. En 2024, les femmes représentaient environ 53 % des personnes employées en piges ou en CDD, et détentrices d'une carte de presse, contre 47 % des journalistes mensualisés, d'après les chiffres publiés par la Commission de la carte d'identité des journalistes professionnels (CCIJP). Le lien entre précarité et le fait d'être une femme est, pour certaines, une réalité qu'elles ont rencontrée très tôt. Confrontée à une personne en charge des ressources humaines, une journaliste souhaitant rester anonyme se souvient avoir fait l'expérience de ces inégalités dès la sortie d'école :

> [Cette personne] avait vraiment le droit de vie ou de mort sur tous les CDD. Si votre tête ne lui revenait pas, elle ne vous appelait jamais. Moi, je n'étais pas dans ses petits papiers, comme beaucoup de femmes, parce que, clairement, c'étaient les hommes, plutôt mignons, ses préférés. Donc j'avais vraiment de longues périodes où elle ne me faisait pas bosser, ou alors que des petits contrats où je faisais un peu le tour de France.

Sexisme, racisme et discriminations

Au total, près d'un quart des femmes que nous avons interrogées font part de mauvaises expériences mais également de discriminations, de sexisme et de racisme dès les études et les premiers stages. Les chiffres d'Ariane

Lavrilleux, journaliste et cofondatrice de l'association Prenons la Une, le confirment :

> Les témoignages de consœurs à Prenons la Une et notre étude en 2021 menée auprès de 178 étudiants et étudiantes en journalisme sont éloquents : la majorité ont été témoins ou victimes de discriminations au cours de leurs stages, avec des situations graves allant parfois jusqu'à l'agression sexuelle. Cela signifie qu'il y a un harcèlement environnemental, soit raciste, soit sexiste, qui peut décourager les entrantes à vouloir rester en rédaction et va fragiliser leur début de carrière.

Nora Hamadi se souvient que de nombreuses rédactions lui ont opposé son absence de parcours « rectiligne » pour justifier de ne pas l'embaucher. « On en crève, de cet entre-soi de merde ! Vous ne pouvez pas d'un côté dire, parce qu'on est en 2005 après l'affaire Zyed et Bouna[33], que "ce serait bien de mettre de la diversité à la télévision ou dans les rédactions", et de l'autre dire "tu n'as pas fait la bonne école" », déplore-t-elle. Elle raconte ainsi avoir « eu des difficultés pour entrer dans le métier » : « Il y a quand même un rédacteur en chef d'une chaîne nationale qui m'a dit que "les gens comme moi" ont un problème avec l'autorité. Je ne sais pas ce que c'est, les gens comme moi. C'est les Arabes, les banlieusards, les cailleras, etc. ? » Arwa Barkallah explique avoir subi une expérience du racisme au travail rapidement après sa sortie d'école :

---

33. Zyed Benna et Bouna Traoré sont deux adolescents morts électrocutés en 2005 à l'intérieur d'un poste électrique dans lequel ils s'étaient cachés pour échapper à un contrôle de police. Leur décès et les déclarations de certaines personnalités politiques à l'époque, suggérant que les victimes étaient des voleurs, sont l'un des éléments déclencheurs des émeutes de 2005 dans les banlieues.

> C'était la période du ramadan, donc c'était un peu difficile de socialiser quand on ne déjeune pas. En plus, cette personne s'était amusée à me mettre sous une baie vitrée pour que j'aie soif et chaud. C'était en août et c'était la canicule, c'était vraiment horrible. C'est une personne qui disait aussi tout le temps que je faisais des fautes dans mes textes alors que j'étais certaine de ne pas les faire. On a inversé nos copies avec une amie [...], il s'est quand même mis à me gueuler dessus en disant qu'il y avait des fautes dans mon article mais a trouvé celui de ma collègue très bien, alors que c'est moi qui l'avais écrit. Nous l'avions pris à son propre jeu.

Plusieurs parlent également d'épisodes flagrants de sexisme et de mauvaises expériences liées au fait d'être une femme. Journaliste pour un média national d'actualité générale, Virginie évoque des violences physiques de la part d'un autre étudiant dans son école :

> À la fin de l'année, on n'était plus que deux en lice pour avoir un stage [dans une grande rédaction parisienne], un mec et moi. Il fallait rendre un travail et il n'y avait pas assez d'ordinateurs. Il m'a alors bousculée pour me prendre l'ordinateur. Je vois encore la scène et je me dis qu'en fait je me suis fait agresser, c'était physique. Il m'a secouée.

Camille dénonce l'omerta qui règne à l'époque dans son établissement, concernant les faits de harcèlement sexuel subis par l'une de ses camarades pendant un stage : « [L'école] ne s'en est jamais occupée, elle préférait être bien avec l'entreprise. La philosophie, c'était : "C'est un milieu de connards, vous allez vous faire maltraiter, donc on commence par vous maltraiter dès l'école pour vous mettre dans l'ambiance". » En 2019, une enquête baptisée

#EntenduÀLaRédac – menée par l'association Prenons la Une et les collectifs Paye ton journal et #NousToutes auprès notamment de 270 étudiants en journalisme, en majorité des femmes – a montré que 10 % des répondantes déclaraient avoir déjà subi une agression sexuelle pendant leurs études.

Si la plupart des journalistes que nous avons interviewées n'ont, heureusement, pas connu de telles violences physiques et sexuelles, il n'en reste pas moins que sept d'entre elles font état de misogynie et de sexisme subis dès le début de leur carrière. Relatant une de ses premières expériences en télévision, face à un rédacteur en chef « misogyne », Mathilde, une réalisatrice de documentaires indépendante, dit ne pas en garder « un bon souvenir » : « Bien sûr, ça m'a fait une expérience, il a fallu que je devienne rapide [pour faire des sujets télé] et que je me fasse violence. »

Ces cas de sexisme ordinaire – défini comme « l'ensemble des attitudes, propos et comportements fondés sur des stéréotypes de sexe [...] et qui, bien qu'en apparence anodins, ont pour objet ou pour effet [...] de délégitimer et d'inférioriser [les femmes][34] » – sont évoqués par plusieurs journalistes. Cécile Ollivier, par exemple, se souvient de l'un de ses tout premiers entretiens d'embauche, particulièrement édifiant à ce sujet :

> L'une des questions était : « Est-ce que vous avez quelqu'un dans votre vie ? Vous n'êtes pas obligée de me répondre. » Évidemment, on se sent tout de même obligée de répondre et j'avais dit oui :
>
> – Et c'est quelqu'un qui va vous suivre [dans cette ville] ?

34. « Stop au sexisme dit ordinaire en entreprise », Initiative #StOpE, Association française des managers de la diversité, 2018.

– Non, je ne crois pas.

– Mais alors comment allez-vous faire ? Le vendredi à midi, après votre matinale, vous partez à Paris et vous ne restez pas [dans cette ville] le week-end ?

– Eh bien non.

– Vous comprenez bien que, du coup, vous n'êtes pas enracinée dans la ville.

Je me souviens qu'une copine avait également postulé. On lui avait posé la même question et elle avait répondu non, et là ils avaient dit : « Mais vous allez déprimer en matinale [dans cette ville]. » Vous voyez, rien n'allait ! On ne s'en sort jamais.

Cécile Ollivier estime aujourd'hui que les recruteurs lui « ont rendu service » en ne lui offrant pas le poste car, à la place, elle a commencé à piger pour une radio basée à Paris, avant d'obtenir très vite un CDI.

Se faire une place, à quel prix ?

La plupart des journalistes sont heureux dans leur vie et dans la profession, selon une étude de 2024 menée par la CCIJP et consacrée à leur bien-être[35]. Ils sont 73 % à se dire épanouis, et même 83 % chez les moins de 25 ans titulaires d'une carte de presse. Mais, en creusant un peu plus, on voit que la pression et la fatigue sont des paramètres très importants dans leur carrière : 76 % des sondés déclarent que leur métier provoque du stress, chiffre qui monte à 80 % chez les femmes. Comment trouver sa place dans une profession qui s'est féminisée à grande vitesse mais où l'empreinte des hommes reste très forte ?

35. « Consultation sur l'état de bien-être des journalistes en France », EGI-Ipsos – CCIJP, op. cit.

Comment accepter d'avoir suivi de longues études et multiplié diplômes et stages pour, *in fine,* être souvent mal payées ? Si nombre de nos témoins ont, elles aussi, espéré connaître l'ébullition des salles de rédaction et la richesse du travail en équipe, la confrontation avec la réalité a pu s'avérer brutale.

Intégrer une rédaction

Après des semaines voire des mois de stages, des dizaines de CV envoyés, des contrats en pige, des entretiens d'embauche, certaines, enfin, parviennent à signer un contrat en CDI qui marque la fin d'une fragilité liée au statut précaire. « C'est un métier où il faut se battre pour faire son trou », résume Elsa Freyssenet, journaliste aux *Échos*, qui raconte avoir enchaîné les stages puis les piges à la sortie de son école avant d'obtenir un poste répondant à ses attentes : « La presse écrite, il fallait avoir faim, car elle était déjà en crise. C'était assez rare d'être embauché en CDI juste après ton CDD de sortie d'école. » Décrocher un CDI, c'est l'assurance d'un salaire qui tombe chaque mois et la possibilité de s'investir davantage dans sa vie personnelle. Au sein d'une rédaction, c'est aussi l'accès à une légitimité et à davantage de liberté pour exposer des idées. Pour Caroline Constant, « c'est vraiment un confort intellectuel parce qu'autour de la table de la conférence de rédaction, si un angle est proposé et qu'il ne convient pas, je peux en parler en toute liberté. Je sais que je ne serai pas sanctionnée derrière. La discussion est toujours là ».

Intégrer une rédaction, que ce soit en CDI ou sous un autre contrat, c'est aussi la possibilité de faire partie d'une équipe, d'échanger avec des collègues et de travailler en équipe. Inès estime que c'est un aspect important du métier: «J'aime la vie de rédaction, j'ai toujours eu plein d'amis dans mes différentes rédactions, des gens intéressants, intéressés. Ça me nourrit. D'un point de vue intellectuel et humain, c'est ce que j'aime dans ce métier, c'est très riche», décrit-elle. Férue d'actualité, Aude Soufi-Burridge dit également apprécier pouvoir discuter «de tel ou tel sujet» avec ses collègues, qui, en outre, «comprennent [sa] vie de famille».

Pour certaines, cependant, ce quotidien au contact des collègues s'avère beaucoup plus difficile. «Un milieu dur», une «atmosphère brutale», une «rédaction toxique», «un monde de requins» sont quelques-uns des termes utilisés. Une des journalistes, à propos de l'ambiance dans une chaîne de télévision, décrit des personnes «qui se crient dessus», un salarié «convoqué parce qu'il n'a pas réussi à décrocher une info» et s'est fait doubler par un média concurrent, le tout dans une ambiance digne d'un «asile psychiatrique». La violence dans les rédactions a été observée dans de nombreuses études consacrées aux journalistes, notamment aux femmes, en France[36] ainsi qu'à l'étranger[37]. Cette même professionnelle raconte qu'on «vous remerciait très peu quand vous sortiez de belles infos mais [que], quand vous en loupiez, là, on ne vous ratait pas. Est-ce que c'est lié au fait d'être une femme? Je ne sais pas, en tout cas, ce management très violent était très masculin». Chez celles que nous avons interrogées,

---

36. Jean-Marie Charon et Adénora Pigeolat, *Hier, journalistes*, *op. cit.*
37. Florence Le Cam, Manon Libert et Lise Ménalque, *Être femme et journaliste*, *op. cit.*; Giulia Sbaraini Fontes, Gisele Barão da Silva et Francisco Paulo Jamil Marques, «"It was all about being 'young,' 'cute,' and 'funny'": how women journalists assess harassment and gender inequalities in Brazilian newsrooms», *Feminist Media Studies*, n° 24(7), octobre 2024; Béatrice Damian-Gaillard, Sandy Montañola et Eugénie Saitta, *Genre et journalisme. Des salles de rédaction aux discours médiatiques*, De Boeck Supérieur, 2021.

près de la moitié disent également avoir été confrontées à des discriminations, à des remarques sexistes, voire à du harcèlement dans les rédactions à un moment de leur carrière. C'est le cas de cette journaliste qui a préféré rester anonyme. Elle est à l'époque sous contrat à durée indéterminée dans un magazine spécialisé, dont elle sera ensuite licenciée :

> J'ai connu une grosse épreuve. Ça a duré une année en tout parce qu'il y a eu effectivement plusieurs mois – et je ne suis pas la seule à le penser – de harcèlement moral de la part d'une de mes supérieures. C'étaient des dévalorisations répétées, des manières très méprisantes de parler de mon travail, parce que, quand on écrit, c'est un peu soi qui est sur le papier. C'est dur de se détacher, de se dire : « C'est juste mon article, ce n'est pas moi. »

La journaliste Nora Hamadi témoigne aussi de ce harcèlement au début de sa carrière. Alors qu'elle fait ses premiers pas dans une chaîne de télévision, elle se confronte à la violence de sa hiérarchie :

> Je débarque dans cette rédaction à 28 ou 29 ans. Ce responsable fait n'importe quoi, il plante quasiment des émissions mais il va se plaindre auprès du directeur de la chaîne en disant : « De toute façon, Nora, c'est une merde, elle n'est pas à la hauteur. » Tout devenait exclusivement de ma faute. J'ai eu droit à des types qui, sous prétexte de leur proximité avec les chefferies, me faisaient subir des phases de harcèlement total. En gros, « c'est la gamine qui ne comprend rien, qui n'est pas à sa place, pourquoi vous l'avez mise là ? Ça nous met dans la merde ».

Cette violence pèse lourd dans les médias : dans l'enquête #EntenduÀLaRédac[38] réalisée en 2019, 67 % des journalistes femmes interrogées déclaraient avoir été victimes de propos sexistes, 49 % de propos à connotations sexuelles (64 % pour les femmes racisées), et 13 % avoir subi une agression sexuelle. La chercheuse Laure Beaulieu rappelle que « la période post #MeToo a été une période [...] de multiplication inédite des témoignages de violences de genre au sein du champ journalistique[39] ». Elle cite par exemple le groupe de discussion lancé par des salariés du *Huffington Post* sur le réseau social Slack et baptisé « Radio Bière Foot », dont « les membres étaient exclusivement des hommes, qui s'échangeaient des insultes sexistes et racistes à l'encontre d'autres membres de la rédaction ». Elle mentionne aussi le groupe de messagerie instantanée « Les Darons » lancé dans la rédaction du pure player *Vice*, qui mettra en cause une dizaine de salariés et anciens salariés. En avril 2019, *Libération* révèle que le service web de France Télévisions a licencié un journaliste et en a mis à pied deux autres pour des faits de violences sexistes et d'agressions sexuelles sur leurs collègues femmes.

En mars 2021, la diffusion sur Canal+ du documentaire de la journaliste Marie Portolano fait l'effet d'un électrochoc, en donnant la parole à une vingtaine de femmes qui travaillent dans des rédactions sportives. Dans *Je ne suis pas une salope, je suis une journaliste*, elle interroge des consœurs travaillant à la radio, dans la presse ou à la télévision. Elles ont été victimes de sexisme, de commentaires misogynes,

38. D'après *Le Monde* et Franceinfo, plus de 1 500 journalistes et 270 étudiantes et étudiants en école de journalisme ont répondu à ce questionnaire en ligne. Parmi ce panel, 80 % étaient des femmes.
39. Laure Beaulieu, « Des journalistes face au scandale de la "ligue du LOL". Normes professionnelles et altérisation du sexisme », *Politix*, n° 141, 2023.

d'insultes, parfois de harcèlement moral ou sexuel, le tout dans une ambiance souvent permissive. Dans la foulée, plusieurs enquêtes sont ouvertes, à Radio France, chez RMC et Canal+. Les femmes journalistes sportives sont environ trois cents en France, soit seulement 15 %[40] de l'effectif total. Encore trop rares dans les rédactions, elles se sentent souvent isolées, assignées à leur genre et soupçonnées d'incompétence sur le terrain et face à leurs collègues. Lucile Guillotin a dû affronter de multiples attaques après avoir signé son premier CDI à France Bleu Alsace. Au standard de la radio locale, des auditeurs suggèrent « qu'elle retourne dans sa cuisine au lieu de commenter du foot ». Mais la violence verbale se manifeste « surtout dans la profession » :

> Pas dans ma propre rédaction. Mais quand j'ai commencé à commenter les matchs, je me souviens d'un journaliste, un jour où j'arrive au stade de Lyon : « Mais qu'est-ce qu'elle fout là celle-là, qu'est-ce qu'elle vient foutre en tribune de presse ? » Ça faisait un an et demi que j'étais à ce poste, j'étais à deux doigts de lui balancer mon ordinateur dans la gueule.

Lors des conférences de presse, la moindre erreur de sa part, qu'il s'agisse du score ou du nom d'un joueur, est sanctionnée au mieux par des rires, au pire par des insultes. « Ça te fait vraiment mal sur le coup, tu gardes la tête froide, tu te dis que ce n'est pas grave. Mais au fond de toi, tu bous, tu as envie de dire : "Bande de connards, vous êtes vraiment dégueulasses" », confie Lucile Guillotin.

---

40. D'après une étude réalisée en 2022 par la chercheuse Sandy Montañola sur les femmes journalistes sportives pour l'association des Femmes journalistes de sport (FJS).

Les journalistes les plus jeunes et les plus précaires que nous avons interrogées sont aussi les plus discriminées. Toutes ont préféré rester anonymes, de crainte de représailles. Commentaires ou blagues sexistes, avances sexuelles ou harcèlement moral sont au programme, comme un «rite de passage» pour celles qui démarrent dans la profession. Le témoignage de Camille est révélateur d'une telle violence.

> Mon chef voulait soi-disant m'aider [...], jusqu'au bout il a prétendu me défendre, que j'étais géniale. Mais je suis persuadée qu'il m'a vraiment savonné la planche, voire pire. Je suis sortie de là-bas dans un état... Je ne dormais plus la nuit, je faisais des crises d'angoisse, j'ai mis du temps à me rendre compte que c'était lié au travail. Je crois que j'ai fait un burn-out, j'ai vraiment touché le fond. C'était quelqu'un de manipulateur mais sans que ça se voie vraiment.

Camille explique qu'il lui a été impossible d'en parler à sa hiérarchie, de peur «de se griller» dans le métier. Cette violence contre les plus jeunes et les plus précaires a été observée par l'association Prenons la Une, qui a mis en place une aide juridique pour les victimes de harcèlement sexiste et sexuel dans les rédactions. Même en l'absence de violence, certaines disent ressentir un malaise associé au «masculin», comme dans le cas de Léna, qui travaille notamment dans la presse féminine :

> On est parfois écrasées par les hommes. Je n'ai pas envie de faire de généralités en disant que tous les hommes sont pareils – d'ailleurs, il y a des femmes qui n'ont pas d'empathie non plus et qui sont prêtes à tout pour écraser dans ce milieu – mais on m'a souvent reproché d'être trop sensible. En interview, quand je m'occupais de la rubrique

des témoignages et que je racontais ensuite à la rédaction mon ressenti [...], je les sentais un peu rire : « Tu es vraiment une fille. »

Plusieurs des femmes à qui nous avons parlé considèrent cependant que le mouvement #MeToo a permis de faire un peu bouger les lignes, en nourrissant la réflexion sur les dysfonctionnements dans la société, et notamment dans le journalisme, comme en témoigne Delphine Tanguy : « Les discussions de mecs, devant tout le monde, sur le physique des collègues ou d'une fille à la télé, ce sont des choses qu'on voyait beaucoup avant. Aucune d'entre nous n'osait intervenir pour dire : "Ça me met mal à l'aise, ce n'est pas possible." Depuis, ils se sont pris quelques retours. » La journaliste se souvient aussi, il y a quelques années, « d'un jeune chef de service qui était très harcelant » :

On allait voir les jeunes femmes qui étaient victimes de ses ardeurs, en leur disant : « Tu n'es pas toute seule, on est là. On sait ce qu'il fait et on te croit, on t'écoutera et on sera à tes côtés si tu veux aller le dénoncer d'une manière plus officielle. » Je pense qu'il y a eu vraiment de grosses améliorations.

Toutefois, malgré une prise de conscience chez leurs collègues et confrères, certaines observent la persistance d'un réseau au masculin dans les rédactions.

Le « boys' club », ou le réseau au masculin

Parler de sport, multiplier les blagues sexistes... Le livre *Genre et journalisme*, publié en 2021[41], revient sur plusieurs

41. Béatrice Damian-Gaillard, Sandy Montañola et Eugénie Saitta, *Genre et journalisme*, *op. cit.*

études menées dans des rédactions en Grande-Bretagne, en Suède et en France, mettant au jour l'adoption de « normes conversationnelles masculines » au sein des équipes, ce qui contribuerait à exclure les femmes des interactions. La supériorité numérique des hommes pèserait beaucoup dans la balance, notamment quand ces derniers occupent des postes au sein de la hiérarchie. Ce phénomène se prolonge en dehors du temps de travail, comme l'a observé Arwa Barkallah lors de ses premiers pas dans la profession. Elle évoque un « *boys' club*[42] » (socialement homogène, composé d'hommes souvent jeunes, hétérosexuels et blancs), dont elle s'est sentie évincée, ne pouvant pas s'attarder le soir après le travail car elle vit en banlieue parisienne, mais aussi car elle ne boit pas d'alcool :

> [Ce sont] des garçons qui n'intègrent pas les femmes dans la discussion. Le fait de passer beaucoup de temps le soir après le travail dans les bars, c'est comme ça qu'il y a des opportunités qui se créent pour des garçons à compétences égales. Aller boire une bière avec le patron, ça désinhibe, ça décloisonne la hiérarchie, ça aide énormément à évoluer professionnellement.

Il en est de même dans les rédactions. « Aller dans le bureau du directeur pour discuter avec un petit café », « participer aux pauses clopes et faire en sorte de gravir les échelons »... Autant de stratégies qui permettent de se constituer ou de consolider un réseau crucial pour préparer son avenir professionnel. Mais plusieurs ont confié ne pas vouloir ou ne pas réussir à jouer ce jeu.

---

42. Lindsey Blumell et Dinfin Mulupi, « How news organizations cultivate and maintain sexist newsrooms via gendered journalistic norms, sexual harassment, and the boys' club », *Women's Studies in Communication*, n° 47, juillet 2024.

Cette position d'« *outsider* » a notamment été observée chez les femmes journalistes dans le sport. Une étude de 2004 réalisée en Suisse[43] a par exemple montré que les hommes, se sentant souvent menacés par l'arrivée de leurs consœurs dans cette spécialité, érigent la passion pour le football, le tennis ou encore le rugby comme « un élément central des normes d'excellence du métier ». Face à eux, les femmes, qui ont moins souvent choisi le sport au moment de devenir journaliste, sont condamnées à rester en « périphérie », sans accès aux postes à responsabilité, et couvrant des compétitions ou des sujets jugés moins prestigieux.

Le pouvoir de ces « *boys' clubs* » est également décrit dans le journalisme politique, spécialité du métier longtemps réservée aux hommes, et qui s'est féminisée en France à partir des années 1990, au point que la parité est atteinte dans certaines rédactions[44]. Si des femmes ont réussi à décrocher des postes de rédactrices en chef, plusieurs déplorent toujours un « entre-soi » construit par leurs confrères, qu'ils travaillent dans la même équipe ou dans un média concurrent.

C'est le cas de Camille, qui raconte sa difficulté à se faire accepter par ses pairs, dans cette « bulle » du journalisme politique[45]. « Je me disais : "C'est ma faute, je n'arrive pas à socialiser", et puis j'ai fini par comprendre, à force d'essayer (et assez peu réussi) de traîner avec eux, que, si j'étais exclue, c'était vraiment fait exprès. » Au-delà

43. Lucie Schoch et Fabien Ohl, « Femmes dans le journalisme sportif en Suisse. Comment s'ajuster aux passions masculines », *Travail, genre et sociétés*, n° 32, novembre 2014.
44. Béatrice Damian-Gaillard, Sandy Montañola et Eugénie Saitta, *Genre et journalisme*, *op. cit.*
45. Rachid Laïreche, *Il n'y a que moi que ça choque ? Huit ans dans la bulle des journalistes politiques*, Les Arènes, 2023.

de cet échec à trouver sa place, Camille se confronte quotidiennement à une ambiance sexiste : « Je suis entourée de mecs qui passent leur temps à commenter et à classer les femmes journalistes politiques dans le milieu, pour savoir qui est la plus belle, etc. » Cette violence imposée par des groupes d'hommes est également décrite par Nora Hamadi :

> Ce sont des hommes incompétents mais qui sont dans des situations de pouvoir et qui te savonnent la planche, te tirent dans le dos. Parce que j'étais jeune, parce que j'étais, je pense, racisée, parce qu'on estimait que je n'étais pas légitime aux endroits que j'occupais, parce qu'on est dans des rapports de force, de domination… J'ai eu des hommes en face de moi qui ont cherché à m'écraser. Parfois même physiquement. Et pas une fois : plusieurs fois.

Dans cette profession qui se féminise, où les femmes parviennent à accéder à davantage de pouvoir dans certaines rédactions, ces concurrentes ne sont donc pas toujours les bienvenues. L'influence des réseaux d'hommes a fait la une de l'actualité à travers des affaires telles que la « Ligue du LOL[46] », qui a révélé le cyberharcèlement subi par des femmes, des féministes et des personnes racisées ou LGBTQIA+ sur X (anciennement Twitter) dans les années 2010, de la part d'hommes travaillant dans le journalisme, la communication et la publicité. Une manière d'investir le nouvel espace médiatique que constituent les réseaux sociaux[47] et d'en exclure les femmes et les minorités.

46. Laure Beaulieu, « Des journalistes face au scandale de la "ligue du LOL" », *op. cit.*
47. Béatrice Damian-Gaillard, Sandy Montañola et Eugénie Saitta, *Genre et journalisme, op. cit.*

Cette exclusion se voit également dans l'évolution des carrières et dans l'accès à des postes ou à des médias jugés les plus prestigieux, comme le décrit l'étude sur les femmes dans le journalisme sportif en Suisse[48]. Le récit de plusieurs de celles que nous avons interrogées confirme l'influence des réseaux masculins. Elles ont par exemple observé « des gars qui étaient vraiment médiocres et qui ont obtenu des postes parce qu'ils avaient bu un verre avec untel, ou obtenu un CDI alors qu'ils étaient vraiment nuls ». Camille dit ne plus compter les hommes qui ont été embauchés avant elle malgré une expérience moindre – elle s'appuie notamment sur le nombre d'années dans le métier :

> J'ai l'impression, pendant mes études, de n'avoir jamais senti de différence entre les femmes et les hommes et qu'on m'a un peu vendu ça. L'arrivée sur le marché du travail a été une désillusion totale parce que, très rapidement, j'ai vu que des hommes jeunes avaient des postes, que bizarrement tout semblait un peu plus facile pour eux.

Les hommes auraient donc moins de mal à se faire embaucher et, grâce à ce système de cooptation, ils graviraient plus vite les échelons et décrocheraient de meilleurs reportages ou missions au quotidien. Une impression confirmée par la reporter de guerre Clémence Dibout : « Une fois que je me suis fait ma place, il n'y a plus eu ce débat-là mais je pense que ça a pesé au début. Je sais qu'on a privilégié des hommes moins expérimentés que moi pour partir sur des terrains très compliqués. »

Des travaux de recherche font état d'une « homosociabilité », c'est-à-dire « une préférence marquée des rédacteurs

48. Lucie Schoch et Fabien Ohl, « Femmes dans le journalisme sportif en Suisse », art. cit.

en chef pour les journalistes hommes[49] ». Face à cette intuition d'une prise en compte du genre dans les choix de nominations aux postes les plus enviés, certaines femmes ressentent l'obligation « d'en faire mille fois plus » (Lucile Guillotin). D'autres préfèrent ne pas faire de vagues, au risque de se couper de certains réseaux et de stagner professionnellement, malgré de longues heures de travail et une grande motivation. « C'était ma stratégie d'être particulièrement arrangeante, de vouloir dépanner, même trop, de me surmener constamment pour remplacer ceux qui étaient malades, pour me faire bien voir de la direction. Je l'ai fait pendant quatre ans jusqu'à ce que je craque et que je n'en puisse plus », témoigne Léna.

Il y a aussi celles qui choisissent de démissionner pour devenir indépendantes ou travailler dans un autre média, quitte à refuser un contrat dans une rédaction jugée trop « dure ». C'est le cas de Camille, qui a renoncé à un poste dans un grand quotidien national, après y avoir souffert d'un climat de harcèlement moral au cours de plusieurs CDD. Elle pressentait pourtant que « tout le monde tuerait pour faire ce job » et qu'elle risquait de se décrédibiliser, dans un milieu médiatique parisien où « tout le monde se connaît ». « J'ai réfléchi et j'ai pleuré pendant quinze jours. C'était une super opportunité, mais si tu pleures pendant quinze jours, ça veut clairement dire que tu n'as pas envie d'y aller », analyse-t-elle aujourd'hui.

Pige choisie, pige subie

Comment alors se réconcilier avec un métier rêvé, quand les attentes de départ sont abîmées par une ambiance et des

49. Béatrice Damian-Gaillard, Sandy Montañola et Eugénie Saitta, *Genre et journalisme*, *op. cit.*

horaires parfois trop difficiles ? L'indépendance s'est imposée rapidement pour Ariane Lavrilleux, après quelques années dans le confort d'un CDI. Alors qu'elle travaille pour une radio nationale, elle démissionne et se donne un an pour apprendre l'arabe et préparer son projet : s'installer en Égypte et y devenir pigiste. « Autant se servir soi-même et être son propre patron », calcule-t-elle à l'époque. Une fois installée au Caire, elle décroche rapidement des piges en presse écrite et en radio, ce qui lui permet d'enquêter sur des sujets qui s'accordent davantage avec ses toutes premières envies de journalisme. La réflexion est similaire pour Margaux Bédé, elle aussi salariée plusieurs années en CDI dans une radio nationale : « On me demandait de faire une minute et quatre secondes pour un reportage en matinale, et si tu veux faire une minute et cinq secondes, tu as intérêt à avoir de bons arguments. Je me disais : "Je n'en peux plus de ce format et de l'actualité qui en chasse une autre". » Elle devient elle aussi sa propre patronne, en démissionnant pour monter sa société de production de podcasts mettant l'accent sur l'écologie et le développement durable.

Une étude publiée en 2011 aux États-Unis auprès de journalistes indépendantes[50] a montré que ce style de vie et cette liberté dans le travail constituaient le type d'emploi que souhaitaient les femmes interrogées (71,8 %) et même un « emploi idéal » (74,7 %), surtout pour celles qui avaient des enfants. À quelques exceptions près, elles ne regrettaient pas de s'être lancées en free-lance. Un bémol néanmoins chez celles que nous avons interrogées : la plupart nous ont confié la frustration de ne pas pouvoir échanger avec

50. Brian L. Massey et Cindy J. Elmore, « Happier working for themselves ? Job satisfaction and women freelance journalists », *Journalism Practice*, n° 5(6), décembre 2011.

des collègues, et plus particulièrement dans les périodes de doute. «Depuis le début de l'année 2024, je travaille plusieurs fois par semaine dans un café, juste pour voir du monde, sortir de chez moi, avoir l'impression de sociabiliser un peu plus», raconte Rozenn Gourvennec, qui pige pour plusieurs titres en presse écrite. Même constat pour Ségolène Barbé: «Ce que je n'aime pas, c'est la solitude. Je trouve qu'on est très seul en tant que pigiste, donc j'essaie d'aller dans des espaces de coworking de temps en temps.» Si elle estime avoir de très bons rapports avec ses contacts dans les rédactions, elle regrette dans la plupart des cas «de ne jamais les avoir rencontrés. C'est un peu dommage». Elle remarque cependant que le télétravail s'est beaucoup développé, notamment depuis la crise du covid-19, normalisant le fait de travailler à la maison. «Il y a dix ans, il fallait tout le temps se justifier, mettre des limites aux gens pour leur faire comprendre qu'on bossait vraiment, même chez soi. Aujourd'hui, c'est beaucoup plus entré dans les mœurs, on se sent moins comme un ovni», explique-t-elle.

Alors que plusieurs ont choisi la pige ou l'auto-entrepreneuriat, d'autres ont fait ce choix par défaut, faute de décrocher un emploi stable dans une rédaction. Des études montrent que les femmes sont en première ligne dans la précarisation des parcours professionnels[51], notamment celles qui ne sont pas diplômées d'une école reconnue par la profession ou qui n'ont pas la carte de presse. De quoi parler d'une féminisation «par le bas» du métier. Difficultés à boucler les fins de mois, craintes pour l'avenir… Aucune des journalistes interrogées n'a

51. Béatrice Damian-Gaillard, Sandy Montañola et Eugénie Saitta, *Genre et journalisme*, *op. cit.*; Jean-Marie Charon et Adénora Pigeolat, *Hier, journalistes*, *op. cit.*

évité la précarité et les inquiétudes qui accompagnent le statut de pigiste. Devenir free-lance, c'est souvent collaborer avec plusieurs rédactions, faire face à un emploi du temps aléatoire, rythmé par des phases de travail intense parfois suivies de périodes de creux, sans activité ni rémunération.

« J'aime beaucoup mon métier et la seule chose qui me fatigue c'est de ne pas me payer à la hauteur du travail que je fournis. Pour moi, c'est le plus dur », témoigne Anne-Sophie Novel, qui exerce comme indépendante pour plusieurs médias. Le salaire est également au cœur des inquiétudes de Mathilde, qui a suivi son compagnon à l'étranger et propose des reportages et des documentaires à des chaînes de télévision ou des sociétés de production en France. « Les mauvaises expériences commencent par le salaire, qui est inadmissible par rapport au travail que je fournis. Je continue parce qu'il y a mon mari mais, si j'étais seule, avec deux enfants, je ne pourrais pas continuer à faire ce métier-là. Ce n'est pas viable », raconte-t-elle, alors qu'elle n'a pas droit au chômage, ayant quitté la France. Sans carte de presse, elle travaille sous le statut d'intermittente et considère être « sans filet ». Elle décrit son quotidien :

> Les producteurs veulent toujours te donner un moindre forfait, alors que nous, les réalisateurs, on livre le sujet. Ça prend énormément de temps d'enquêter et de préparer les interviews. On est sur le terrain, on écrit le commentaire, on est obligés d'être avec le monteur et, finalement, on est la dernière roue du carrosse. On est vraiment les moins payés, parce que les cameramen ou les monteurs, eux, ils sont payés à la journée. Alors que nous, on est payés au forfait : peu importe le nombre de jours d'enquête.

Un constat partagé par Ariane Lavrilleux, malgré son choix de quitter son poste en CDI. Après plusieurs années de travail en tant que pigiste en Égypte, elle songe à chercher, à son retour en France, un «job alimentaire» pour compléter son salaire. «J'en avais marre d'être mon propre patron tout le temps, et un patron sans chiffre d'affaires. Tu proposes, tu fais des recherches et puis ton produit ne sort jamais. Au bout d'un moment, ça rend complètement fou», explique-t-elle. Plutôt que de renoncer au métier, elle envisage alors «de faire quelque chose de constant: un travail en boulangerie où je vais faire de la vente deux ou trois jours par semaine et du journalisme le reste du temps».

Les mails sans réponses et les projets d'articles qui tombent à l'eau sont aussi des expériences vécues par Ségolène Barbé. En contrat en CDI pendant une dizaine d'années, elle doit se tourner vers la pige à la suite du rachat du magazine qui l'employait. Indépendante depuis une quinzaine d'années, elle dit avoir désormais trouvé son équilibre dans ce statut, après des phases de doute et de difficultés financières:

> C'est compliqué mais passionnant. Il faut toujours être sur la brèche, trouver des idées, d'autant plus qu'à Paris il y a beaucoup de pigistes, donc personne ne vous attend. C'est aussi une leçon de vie quelque part, c'est à vous tout le temps de proposer. Ça oblige à être très curieuse, à trouver des idées, à ne pas se décourager. Je dirais que c'est un métier, mais c'est aussi une école de vie.

Elle a aussi dû, comme de nombreuses journalistes indépendantes, batailler pour se constituer un carnet d'adresses et travailler avec suffisamment de médias pour gagner sa vie, dans une profession qui paye de plus en plus mal.

Entre plancher collant et plafond de verre

« Mal payée », « salaire pas adapté aux responsabilités », « main-d'œuvre pas chère » ... La question des revenus a été abordée à de nombreuses reprises dans les entretiens, et pas seulement par les pigistes, car, là encore, les désillusions sont au rendez-vous. Difficile en effet d'imaginer ne pas pouvoir boucler ses fins de mois après de longues études, souvent prestigieuses. L'enquête consacrée au bien-être des journalistes réalisée par la CCIJP montre que 65 % des sondés ne sont pas satisfaits de leur salaire, un chiffre qui monte à 77 % chez les pigistes[52]. D'après l'Observatoire des métiers de la presse, le salaire brut médian pour une pigiste s'élevait à 1 921 euros par mois en 2023. Il était un peu plus élevé pour les hommes, 1 980 euros. Dans ces conditions, Ségolène Barbé, devenue indépendante faute de trouver un contrat stable, raconte de longues périodes de découragement à ses débuts :

> Mal gagner sa vie, ça peut être une inquiétude. Il faut manger, mais c'est aussi pour l'estime de soi. C'est difficile parce que, dans la société, on a encore l'idée que ce qu'on gagne c'est ce qu'on vaut. Quand je me suis mise en couple, mon conjoint me disait : « On va se montrer nos déclarations d'impôts pour alimenter le compte commun au prorata de nos salaires. » Mais moi j'avais un mal de chien à lui montrer la mienne, je reculais le moment [...], je n'y arrivais pas, c'était horrible... Pour moi, c'est un truc un peu honteux.

Pour les journalistes qui ont décroché un CDI, la question du salaire prend moins de place, même si les chiffres varient énormément d'un poste et d'un média à l'autre.

52. « Consultation sur l'état de bien-être des journalistes en France », EGI-Ipsos – CCIJP, *op. cit.*

Employée en CDI par une agence de presse spécialisée, Marine Digabel évoque «un sentiment de déclassement» par rapport à ses parents: «Parfois, je me dis: "Pendant le covid, on a vu que les métiers utiles étaient mal payés, c'est la preuve que tu fais un métier utile." Et parfois je me dis aussi: "Mais attends, je parle couramment anglais, j'ai fait Sciences Po…" C'est une vraie amertume. Qu'est-ce que je vais léguer à mes enfants?» La rémunération devient aussi matière à réflexion quand elle est comparée à celle des confrères. Dans les médias, le salaire des femmes a augmenté plus rapidement que celui des hommes depuis 2010, mais les inégalités persistent. Le revenu médian des femmes en CDI s'élevait à 3436 euros brut par mois en 2023, contre 3725 euros pour leurs confrères, toujours selon l'Observatoire des métiers de la presse. À l'heure où le journalisme se fragilise, avec des fermetures de titres, des plans sociaux et une multiplication des contrats précaires, difficile de négocier une hausse de salaire ou un avancement. Le ressenti est le même dans l'audiovisuel. «Il y a vraiment cette mentalité: si tu n'es pas contente, va travailler ailleurs», raconte Inès.

Face à la précarisation du métier, hommes et femmes ne sont donc pas logés à la même enseigne, comme l'observe Gioia (prénom d'emprunt), qui travaille pour la presse économique: «Si on regarde l'organigramme, il y a davantage d'hommes chefs de service que de femmes. En journalistes de base, il y a surtout des femmes. En haut de la hiérarchie, il n'y a que des hommes.» Ses chefs lui expliquent régulièrement qu'elle ne peut pas évoluer «pour le moment», malgré ses vingt années d'ancienneté. Là encore, les chiffres sont éloquents: selon l'Observatoire des métiers de la presse, en 2023, les femmes étaient moins nombreuses dans le management : 37,5 % pour les rédacteurs en chef et 47 % pour les chefs d'agence, de service ou de rubrique. De quoi parler d'un « plancher collant[53] » : les femmes sont bloquées à des positions moins élevées dès le début de leur carrière.

Un autre phénomène, le plafond de verre – cette barrière invisible qui empêche d'évoluer dans la hiérarchie – est décrit depuis la fin des années 1970[54]. Pour les femmes, la difficulté à articuler vie familiale et vie professionnelle est l'un des obstacles principaux, et certaines ont même tendance à s'écarter d'elles-mêmes des responsabilités[55]. Une étude menée à France Télévisions a par exemple montré que « les rapports au genre liés à la culture d'entreprise masculine et au sexisme représentent le premier facteur qui fait pencher la balance du pouvoir en défaveur des femmes[56] ». Les chercheuses Hédia Zannad et Géraldine Galindo ont décrit d'autres entraves dans l'accession à des positions managériales pour les femmes : la « désynchronisation » – quand les propositions de l'entreprise « ne sont pas en phase avec les opportunités qu'on se donne soi-même », mais aussi l'absence de modèles féminins et le souhait de continuer à travailler sur le terrain. La législation de 2014 en matière d'égalité professionnelle entre les hommes et les femmes semble néanmoins avoir

53. Le terme « plancher collant » (« *sticky floor* » en anglais) apparaît au début des années 1990, à l'initiative de la sociologue Catherine White Berheide, pour décrire les multiples mécanismes qui freinent la carrière des femmes.
54. Ann M. Morrison, Randall P. White et Ellen Van Velsor, *Breaking the Glass Ceiling : can women reach the top of America's largest corporations ?*, Addison-Wesley, 1987.
55. Florence Le Cam, Manon Libert et Lise Ménalque, *Être femme et journaliste*, *op. cit.*
56. Hédia Zannad et Géraldine Galindo, « Dépasser le plafond de verre : le cas des journalistes chez France Télévisions », *Revue Management & Avenir*, n° 86, 2016.

eu quelques effets, aux yeux de Delphine Tanguy, journaliste à *La Provence*, qui a participé à plusieurs actions pour les salaires et l'évolution des femmes au sein de son quotidien :

> On n'est pas encore à l'égalité, mais ça avance. J'ai bon espoir que mes jeunes consœurs qui auront des enfants ou qui sont au début de leur carrière pourront obtenir une évolution plus rapide. Nous, on a perdu du temps, ça se verra sur nos retraites. Nos carrières n'ont pas avancé aussi vite que celles de nos compagnons. Ces difficultés sont clairement liées au statut de femme.

Mais si le plafond de verre se fissure, toutes n'arrivent pas à s'immiscer dans cette brèche. Ariane Lavrilleux se souvient par exemple que son rêve de carrière était très précis quand elle a démarré ses études de journalisme : devenir rédactrice en chef d'une radio locale du réseau de Radio France. Un idéal qu'elle a pourtant abandonné assez vite après son entrée dans le métier :

> Il y a des femmes qui sont chefs de service ou directrices de rédaction, donc c'était totalement possible, j'avais des modèles. Mais il fallait quand même presque entrer dans un corps d'homme, être dure, être un bourreau de travail, et puis se montrer cassante et participer à l'entre-soi, ce qui va à l'encontre de ma perception selon laquelle il faut aider les gens qui galèrent un peu, qui ont des moments de faiblesse dans le métier. À rebours d'une logique où tu construis ta carrière en allant vers les puissants, vers ceux ou celles qui sont vus comme les meilleurs dans la boîte, pour qu'on pense à toi quand un poste se libère.

La journaliste précise que ses compétences managériales et organisationnelles sont désormais reconnues dans son média, *Disclose*. Il n'en reste pas moins que cette difficulté à percer ce plafond de verre a été observée par Jean-Marie Charon dans son livre consacré aux journalistes ayant quitté la profession[57]. Il y décrit des femmes qui « n'accèdent pas aux fonctions auxquelles leurs compétences les destinent » et « un découragement qui [les] conduira à renoncer et à quitter » le métier. Car le journalisme, qui fonctionne au rythme de l'actualité, demande beaucoup de disponibilité et, à ce jeu, les femmes sont encore une fois désavantagées.

Vie professionnelle et vie personnelle

Horaires décalés, déplacements pour suivre un événement loin du domicile, reportages de plusieurs jours ou plusieurs semaines... Le journalisme exige parfois un investissement professionnel très fort, difficilement compatible avec une vie sociale et familiale.

Disponibilité et vie privée

En début de carrière, plusieurs des femmes interrogées ont décrit la nécessité d'être très impliquées, passant de longues journées sur le terrain ou d'interminables soirées face à leur ordinateur. Cette disponibilité s'apparente à une forme de compétence professionnelle[58], certaines allant jusqu'à tirer une croix sur leur vie personnelle (pas d'enfants, célibat, etc.). « J'ai sacrifié ma vie sentimentale, ma vie sociale, ma vie familiale », confie par exemple Lucile Guillotin, à propos de ses premières années de carrière très

57. Jean-Marie Charon et Adénora Pigeolat, *Hier, journalistes*, *op. cit.*
58. Florence Le Cam, Manon Libert et Lise Ménalque, *Être femme et journaliste*, *op. cit.*

intenses. « Avec le recul, je ne le referais pas », ajoute-t-elle. Concilier rythme de travail et vie de couple s'avère difficile et génère des incompréhensions lorsque l'actualité envahit la vie privée, comme le raconte Aline Brachet :

> Mon mec n'est pas du tout là-dedans. Il est ingénieur de recherche. Il fait des projets qui durent deux ans et évolue dans une temporalité complètement différente, il ne comprend pas que je regarde mon téléphone trois fois le soir et que je vérifie les réseaux sociaux. Ça lui échappe totalement. Lire un journal une fois par semaine pour voir ce qu'il se passe, ça lui va très bien.

« C'est quand même un boulot extrêmement prenant. Tu le vois au taux de divorce chez nous. C'est dur pour ta vie privée et ta santé mentale », estime pour sa part Aude Soufi-Burridge. S'il est difficile d'obtenir des données concernant le célibat des femmes dans le métier ou sur le couple, une récente étude menée sur les journalistes en Belgique francophone a montré que les répondantes étaient bien plus nombreuses que les hommes à ne pas avoir d'enfants (40 % contre 24 % en moyenne), quelle que soit la tranche d'âge, laissant entrevoir la difficulté de mener de front carrière et maternité[59].

La maternité, un frein dans la carrière

La parentalité constitue une étape qui peut bouleverser la carrière des hommes comme des femmes, les journalistes devant tenter d'accorder l'emploi du temps d'un ou de plusieurs enfants avec le rythme soutenu de l'actualité et ses nombreux imprévus. La grossesse expose, comme dans bien d'autres secteurs, à des discriminations : refus

---

59. *Ibid.*

d'embauche ou de promotion, rupture de contrat, etc. « Je suis tombée enceinte, avec une grossesse qui s'est avérée difficile, et je n'ai pas osé le dire parce que j'avais peur de me faire virer. J'avais ce pressentiment que, si je révélais [à ma hiérarchie] que j'étais enceinte, ça allait me poser un problème », raconte Léna. Pour elle, en tant que free-lance, « une pause de quatre mois dans la carrière, c'est énorme, j'ai le temps de perdre dix contrats ».

Peur de la réaction de la hiérarchie, crainte de ne pas réussir à concilier activité professionnelle et vie privée ou d'être freinée dans sa carrière… Dans le journalisme – comme dans de très nombreux métiers – ces problèmes sont courants pour les femmes. Pour celles qui sont précaires, la sanction est encore plus lourde, comme l'explique Ségolène Barbé, qui cumule au moment de sa grossesse les piges et les droits d'auteur, ce qui complique ses démarches auprès de la Sécurité sociale :

> Je me suis arrêtée six mois quand j'ai eu mon fils, il y a huit ans. C'était mon choix parce que le congé maternité, pour un premier enfant, c'est moins que ça. Mais je n'ai rien touché alors que j'avais passé un temps fou à remplir tous les papiers. Il y avait un salaire minimum assez important à atteindre à l'époque – je crois que ça a changé depuis – et je ne l'avais pas. Et j'avais une multiplicité de statuts. Un jour, j'ai reçu une lettre de la Sécu, qui me disait, en gros : « Vous ne toucherez rien. » Je n'en ai même pas parlé à mon conjoint.

Si la situation est compliquée pour les pigistes, le confort d'un CDI ne protège pas de toutes les désillusions, notamment lors du retour au travail. « Quand je suis partie en congé maternité, il a fallu me remplacer, mais la personne qui a été choisie a finalement été nommée à ma place. Quand je suis revenue, le poste était donc pourvu », raconte Virginie, longtemps cheffe d'édition dans la presse écrite. Elle rebondit en devenant rédactrice, mais est considérée à ce nouveau poste comme une débutante – malgré ses nombreuses années d'expérience dans le métier. « Une cabale se met en place contre moi à l'intérieur du service : "Si tu veux venir avec nous, il faut baisser ton salaire" », se souvient-elle. Elle finit par renoncer, notamment sous la pression de son conjoint de l'époque, et retourne dans le service de secrétariat de rédaction.

Elsa Freyssenet explique pour sa part avoir observé que sa carrière et sa rémunération « ont commencé à faire du surplace » après sa première grossesse en 2005. Quelques années plus tard, elle a du mal à retrouver ses marques au retour d'un congé parental :

> Je reviens d'un an d'absence et, par des indiscrétions, je réalise qu'on me destine à un poste normalement dévolu aux juniors dans un service à trois personnes. Quand je finis par avoir une discussion avec un de mes supérieurs, sa réaction c'est : « Je ne comprends pas, je pensais que tu voulais avoir du temps pour t'occuper de ton fils. » Je pense qu'il y avait de la sincérité là-dedans, mais je revenais après un an de congé parental, j'avais une pêche d'enfer, des tas d'idées de sujets ainsi que le carnet d'adresses nécessaire à leur réalisation. Donc je commence à me dire qu'il y a quelque chose qui ne va pas.

Son cas n'est pas isolé, loin de là. Comme l'ont montré plusieurs études, les entreprises facilitent peu la vie des femmes, et le retour de congé maternité constitue souvent une épreuve. Il est ainsi considéré comme « difficile » par près de la moitié (47 %) des mères cadres en France, selon un sondage de l'Apec publié en 2024. Elles citent

« le manque de transparence sur les changements organisationnels intervenus en leur absence, notamment les décisions stratégiques ». Une écrasante majorité (78 %) juge par ailleurs qu'une femme ayant eu des enfants est freinée dans sa progression de carrière. Un sentiment partagé par celles qui ont répondu à nos questions. « Le frein, je me le suis mis moi-même, moins en tant que femme qu'en tant que mère », estime Aude Soufi-Burridge, qui a choisi la pige pour s'occuper de ses trois enfants, même si elle considère son statut comme « extrêmement précaire ». Les contraintes familiales sont ainsi souvent le déclencheur d'un bouleversement dans la carrière. Rozenn Gourvennec, qui s'est installée à Montpellier, en témoigne :

> Mon mari travaillait énormément, il n'était jamais là. Je ne pouvais compter que sur moi-même et il était difficile de trouver un poste fixe. Alors, au départ, je me suis contentée de piges et puis ça s'est étoffé au fur et à mesure. Maintenant je peux en vivre, mais ça fait quinze ans que je suis pigiste et ça m'a pris cinq ans pour me faire un nom.

Comme les autres mères qui travaillent comme pigistes, elle explique que ce statut lui permet d'aménager son emploi du temps et de l'adapter à sa vie de famille. « Lorsqu'elles abordent les questions de maternité, de famille ou de soins en général, le travail journalistique pose des défis spécifiques aux femmes qui doivent jongler entre leurs rôles traditionnels dans la sphère privée, non rémunérée, et leur performance professionnelle[60] », rappelle une étude publiée au Portugal et consacrée au journalisme et

60. Susana Sampaio-Dias, Maria João Silveirinha et Bibiana Garcez, « On being a good worker, a good mother, a good carer : women journalists, motherhood, and caregiving », *Journalism Studies*, n° 26(2), octobre 2024.

à la maternité. Ses autrices estiment que «la culture du milieu de l'information ne répond guère aux besoins des femmes dans l'équilibre entre ces deux sphères». Et même en ayant fait le choix de devenir free-lance, être mère peut ralentir l'activité, comme le raconte Ségolène Barbé :

> Avoir un enfant m'a pénalisée pour mes piges. Quand vous revenez de congé maternité, ce n'est pas comme quand vous revenez au bureau. Personne ne vous attend, la vie a continué sans vous. J'ai mis du temps à retrouver mon niveau de piges, peut-être aussi parce que j'étais plus fatiguée, moins disponible pour proposer des sujets. Ce creux professionnel a duré près de deux ans.

L'adoption massive du télétravail dans les entreprises, dans la foulée de la crise du covid en 2020, a fait peser un nouveau soupçon sur les femmes. Gioia se souvient de la mise en place du travail à distance dans une ambiance tendue, face à un rédacteur en chef ayant une vision très genrée et traditionnelle de la parentalité. «Toutes celles qui avaient des enfants plus ou moins en bas âge avaient interdiction de faire du télétravail le mercredi, parce que ça sous-entendait qu'en restant à la maison elles allaient emmener leurs gamins à la danse ou au foot, et qu'elles ne travailleraient pas.» Devenir mère et jongler avec l'agenda domestique entraîne aussi des renoncements sur ses envies d'évolution dans le métier, comme le raconte Marine Digabel :

> Je voulais suivre une formation de journaliste reporter d'images (JRI), que je n'ai finalement pas faite pour cause de grossesse, puisque le stage pratique d'un mois était prévu au même moment que mon accouchement. Il y a aussi la contrainte des déplacements. JRI, si on

> veut des images, il faut se déplacer [...], mais ce rythme, quand on a des jeunes enfants... Je commence tout juste à me dire que ce sera peut-être à nouveau possible dans quelques années, mais pas pour l'instant.

Pour celles qui ont réussi à ne pas trop sacrifier leur carrière, le regard de la société demeure très culpabilisant. Beaucoup racontent les commentaires déplacés, notamment quand elles partent en reportage plusieurs jours ou travaillent sur des terrains risqués. « Un enfant, ça a besoin de son papa et de sa maman et ce n'est pas facile pour lui, il faudrait que vous soyez plus là », lance par exemple une assistante maternelle à Clémence Dibout, alors qu'elle rentre d'une longue mission. L'expérience est la même pour Aude Soufi-Burridge, qui dénonce les commentaires « deux poids, deux mesures » auxquels elle et son compagnon – qui est également journaliste et très souvent absent – sont exposés : « Les gens me disent : "Qu'est-ce que tu vas faire pour tes enfants si tu dois partir ?" Personne ne demande jamais ça à mon mari. S'il part trois semaines en Ukraine, on lui demande si ce n'est pas trop dangereux [...], mais pas comment il va faire avec les enfants. »

Dorothée Olliéric a raconté dans son livre *Maman s'en va-t-en guerre*[61] la difficulté à concilier maternité et carrière. Elle nous a confié ne pas avoir voulu choisir entre les deux, y compris quand ses deux enfants étaient petits :

> Je suis repartie, quand mon fils avait deux mois et demi, dans une situation très dangereuse. Mais je me suis dit : « Ce n'est pas parce que tu es maman que ça va changer quelque chose dans ton métier »... Ça ne

61. Dorothée Olliéric, *Maman s'en va-t-en guerre. Ma vie de grand reporter*, Éditions du Rocher, 2024.

change rien à l'amour que j'ai pour mes enfants, je vais juste m'organiser parce qu'il ne suffit pas de partir et de dire au papa: «Débrouille-toi.»

Pour tenter de déjouer les freins liés à la maternité, Marine Digabel a choisi d'en faire une compétence et d'indiquer ses congés parentaux sur son CV en ligne, comme le propose le réseau professionnel LinkedIn depuis 2021 :

Quand on est journaliste, et c'est certainement vrai dans d'autres métiers, c'est extrêmement dur d'entrer dans le rythme d'un petit bébé. Donc le fait de mettre mes congés parentaux sur LinkedIn est une façon de signaler que ça fait partie de mon parcours. J'estime que je n'ai pas à en rougir. J'ai travaillé en Écosse, en Chine, etc., il y a un tas de pays où ce n'est pas du tout un problème de s'arrêter quand on est mère.

Les femmes journalistes qui ont des enfants nous ont donc confirmé devoir jongler entre sacrifices et stratégies pour tenter de concilier vie professionnelle et maternité. Cette problématique est d'ailleurs souvent connue par les hiérarchies, comme l'a montré une étude menée auprès des directions et rédactions en chef de médias belges[62]. Dans les réponses de ces responsables, «la femme étant soumise à une injuste répartition des tâches, elle est parfois même présentée comme victime de son rôle de femme et de mère». Certains vont jusqu'à admettre que les contraintes liées à la maternité ne sont pas compatibles avec celles de la profession.

Argent et dépendances

La question de l'argent peut aussi venir troubler les relations personnelles. Souvent mal payées, certaines

62. Florence Le Cam, Manon Libert et Lise Ménalque, *Être femme et journaliste*, *op. cit.*

journalistes femmes se retrouvent dépendantes financièrement de leur famille, qu'il s'agisse de leurs parents ou de leur partenaire. Quand elle était encore dans le métier, Marine Saint-Germain Regini multipliait les contrats en CDD dans la presse locale. À l'époque, elle nous avait confié se sentir « chanceuse parce que je vis en couple avec mon copain qui est en CDI et donc il est assuré d'avoir son salaire ». Elle bénéficiait également du soutien de sa mère pour l'aider à payer le loyer en cas de besoin. Elle expliquait néanmoins se sentir comme « endettée, dans une forme de dépendance ».

Cette précarité dans le métier peut être génératrice de tensions, mais aussi d'incompréhension chez l'entourage, qui observe le décalage entre les longues heures passées à travailler et les salaires trop bas. Les difficultés liées à l'argent ont été au menu pour Virginie quand elle a tenté de lancer sa propre société, avec les problèmes financiers inhérents au montage de ce type de projet :

> Mon mari disait aux enfants et à tout le monde que j'étais au chômage alors que je ne l'étais pas : j'étais en train de monter une entreprise. Évidemment, je touchais de l'argent de l'ANPE [le nom de France Travail à l'époque] mais, factuellement, je n'étais pas au chômage, je touchais des indemnités pour les créateurs d'entreprises.

Cette incompréhension et cette absence de soutien ont été très compliquées à gérer dans son couple. Pour Aude Soufi-Burridge, c'est surtout le regard de la société qui a pesé lorsqu'elle a choisi de faire une pause dans sa carrière de journaliste. « Quand j'ai arrêté de travailler, j'ai eu l'impression d'avoir été un peu jugée. J'avais trois enfants en bas âge et mon mari était absent sept semaines d'affilée. Mais j'ai été jugée sur l'idée que j'étais entretenue, ce qui a toujours été insupportable, sachant que je n'avais aucun loisir», raconte-t-elle. Ce poids s'est également fait sentir quand elle a repris des piges à la télévision:

> Quand je suis retournée bosser, avec les encouragements de mon mari parce que je n'aimais pas du tout être mère au foyer, les gens disaient: «Mais pourquoi tu y retournes s'il peut largement subvenir à vos besoins?» Ce n'est pas qu'une question d'argent et c'est évidemment un énorme luxe de dire ça. J'en ai complètement conscience. Mais les gens – hommes ou femmes – avaient du mal à comprendre que je retourne à mon boulot et, en l'occurrence, au journalisme.

À ses yeux, les différentes injonctions (avoir un travail épanouissant, des enfants) sont très dures à concilier. Cette pression, qu'elle soit sociale, familiale ou intime, perturbe énormément la carrière des femmes. Pour certaines, la «sensation désagréable d'avoir été entretenue» financièrement pèse tellement lourd qu'il s'agit d'un facteur déterminant dans la décision d'abandonner la profession, d'après des recherches menées en Belgique[63]. Victimes de préjugés concernant leur vie privée, les femmes journalistes doivent aussi trouver leur place au travail, sans se laisser enfermer dans le rôle de faire-valoir des hommes, ou d'éternelle stagiaire.

De l'autre côté du miroir (médiatique)

Les témoignages des journalistes interrogées montrent que les stéréotypes de genre ont toujours la vie dure dans les rédactions mais également en dehors, les freinant parfois

---

63. *Ibid.*

dans leur progression professionnelle. La télévision et la radio contribuent à perpétuer certains clichés, les femmes étant reléguées au statut de potiche ou de faire-valoir pour leurs homologues masculins. Une étude de l'Arcom consacrée à la représentation des femmes sur la période de 2016 à 2023 montre que, si leur nombre en plateau a augmenté, elles sont plus souvent présentatrices (sur ces postes, elles sont à égalité avec les hommes) que journalistes/chroniqueuses (41 % en 2023). Et le temps de parole des femmes sur l'ensemble des émissions, et pas uniquement en plateaux, a longtemps stagné autour de 36 % pour tomber à 34 % en 2023.

« Journaliste, pas animatrice ! »

Alors que la parité est atteinte en presse écrite (les femmes représentaient 49,3 % des journalistes détenteurs de la carte de presse en 2023, d'après l'Observatoire des métiers de la presse), les médias audiovisuels sont à la traîne (45,4 % de femmes en télévision et en radio). Certains attributs considérés comme « féminins » peuvent constituer un obstacle : en radio, par exemple, plusieurs journalistes nous ont parlé de l'importance de la voix, et de la préférence, parfois inconsciente, des recruteurs pour des timbres plus « masculins ». Aline Brachet, qui souhaitait, une fois diplômée de son école, travailler en radio, se heurte rapidement à cet obstacle : « Je sentais bien que ma voix n'allait pas. Il y avait ce côté : "Tu as une voix de femme, on aime les femmes avec des voix graves et donc tu ne passeras jamais, tu n'as aucune chance". » Ariane Lavrilleux, de son côté, « repense à un rédacteur en chef qui avait dit "non, les femmes n'ont pas la voix pour faire un sujet [sur le thème de la] défense". Donc il avait donné un sujet sur l'armée à un reporter homme». L'enjeu devient alors pour elle de travailler à «avoir une voix plus grave».

À la télévision, les contraintes sont souvent plus fortes, sous le poids des images qui ramènent les femmes à leur apparence physique. Certes, plusieurs domaines perçus comme des bastions masculins – le sport, la politique, la finance, le reportage de guerre – se sont féminisés au cours des trente dernières années[64], y compris à la télévision. Clémence Dibout explique notamment que la part croissante de femmes couvrant les zones de conflit doit beaucoup au service public: «[À France Télévisions], les femmes reporters de guerre ont commencé à se battre dès les années 1980 et 1990 [pour se faire une place dans ce domaine]. Ça devait être beaucoup plus violent qu'aujourd'hui. Elles ont instauré un précédent».

Pourtant, le mythe du correspondant de guerre reste encore souvent, dans l'imaginaire collectif, lié à des codes masculins. Nora Hamadi se souvient avoir croisé de telles caricatures dans certaines rédactions. «Vous avez un mâle qui a des pantalons à poches parce qu'il a fait l'Afghanistan... Et ce n'est pas une petite meuf qui va commencer à discuter de ce qu'il faut faire», décrit-elle, expliquant avoir eu du mal à s'imposer face à ce modèle. Comme l'explique la chercheuse Marjan de Bruin, ce n'est pas tant le journalisme qui est en accord avec des codes perçus comme masculins mais, à l'inverse, des valeurs journalistiques qui ont été construites pour correspondre à ces codes masculins: «Traditionnellement développés par des décideurs masculins, qui monopolisaient les postes de décision, certains

64. Béatrice Damian-Gaillard, Cégolène Frisque et Eugénie Saitta (dir.), *Le Journalisme au féminin. Assignations, inventions, stratégies*, Presses universitaires de Rennes, 2010.

styles et valeurs sont devenus acceptés comme normes professionnelles tout en devenant la marque de fabrique de ces rédactions : “On fait ça comme ça ici”[65]. »

Nora Hamadi témoigne d’une lutte permanente pour exister dans la profession au-delà des stéréotypes, notamment celui de la speakerine ou de l’animatrice : « Je pose mes questions, j’écris mes conducteurs, je suis journaliste. Donc on ne va pas dire que je suis animatrice, on va me respecter. On a pu me prendre pour un portemanteau ou un perroquet qui devait lire ce qu’on avait écrit pour elle. » Au-delà de son expérience personnelle, elle dénonce l’essentialisation et la sexualisation à l’œuvre à la télévision :

> Je me souviens, en 2008-2009, d’un chef disant : « Il faut mettre du foot et des putes à l’antenne. » Mais déjà, avant ça, on avait vu des chaînes de télé mettre à l’antenne des petites jeunes sorties d’école, des femmes hyper mignonnes. L’objectif, c’est d’incarner l’info en étant jolie pour que le décideur s’arrête devant l’écran.

Dans le sport, le constat est le même. Si les femmes journalistes représentent 9 % des effectifs en radio et 12 % en presse écrite, ce chiffre monte à 17 % en télévision[66], « parce que c’est OK d’avoir une fille, plutôt jeune, plutôt blanche, plutôt blonde, qui fait du 36-38 plutôt que du 42-44, pour parler de sport, qui a plutôt un rôle d’animatrice […] qu’un rôle d’experte », souligne Mejdaline Mhiri. Les chiffres de l’Arcom sur la représentation des femmes en télé et en radio montrent que, dans les programmes sportifs, les femmes représentaient 19 % de taux de présence

65. Marjan de Bruin, « Gender, organizational and professional identities in journalism », *Journalism*, n° 1(2), 2000.
66. D’après une étude réalisée en 2022 par la chercheuse Sandy Montañola sur les femmes journalistes de sport.

en plateau mais seulement 11 % de temps de parole sur la période 2016-2023. « Les commentatrices sont sous-représentées, en particulier lorsqu'il s'agit de commenter du sport masculin (15 % de commentatrices contre 75 % de commentateurs) », écrit l'autorité. Dans le même rapport, l'Arcom note que 60 % des compétitions sportives diffusées en 2023 (féminines, masculines et mixtes confondues) ne proposaient aucune femme parmi les personnes en plateau (présentateurs, journalistes, consultants, commentateurs, invités). « Dans quel autre domaine accepterait-on autant de plateaux non mixtes ? » s'indigne Mejdaline Mhiri. Pendant les Jeux olympiques de 2024 à Paris, la situation s'est à peine améliorée. Sur l'ensemble de la compétition, « le temps de parole des commentatrices était très éloigné de la parité (18 % en moyenne). Il était particulièrement réduit lors des épreuves masculines ainsi qu'aux heures de grande écoute », note l'Arcom. Si les femmes sont encore très minoritaires dans ce rôle, surtout lors des compétitions masculines, c'est que « le poste d'expert est sacralisé », analyse Mejdaline Mhiri. Elle ajoute :

> C'est à toi qu'on confie les clés de l'analyse technique pendant le match, tu es sans filet. Tu t'appuies sur un consultant ou une consultante mais c'est toi qui es garant ou garante du bon déroulé de la séquence. En tout, il y a peut-être une dizaine de femmes journalistes en France qui font du commentaire sur le sport pratiqué par les hommes.

Non seulement les femmes sont moins nombreuses, mais leur temps de parole stagne à un niveau très bas, comme l'attestent les chiffres de l'autorité de régulation. De façon plus générale, Mejdaline Mhiri s'inquiète que le « petit espace qui s'était ouvert autour de la création de l'association [Femmes journalistes de sport][67] et du documentaire de Marie Portolano [...] soit en train de se refermer ». Plusieurs journalistes évoquent ce soupçon d'incompétence, très prégnant, qui remet en cause leur capacité à commenter des compétitions, comme en témoigne Lucile Guillotin :

> Ça peut être usant, parce qu'une fille qui se trompe n'est pas prise au sérieux. Pour les hommes, on va dire : « Ce n'est pas grave, c'est une petite erreur. » Quand tu es une femme, tu n'as pas le droit à l'erreur. Jamais. Et, à chaque fois, on va te renvoyer à ta condition de femme.

Des travaux ont en effet souligné que les femmes sont souvent jugées plus sévèrement en termes de crédibilité[68] et de compétence[69] dans le journalisme sportif. Dans son étude sur les commentatrices et commentateurs de matchs de basketball, Kami Harris a démontré que les femmes étaient considérées comme moins crédibles que leurs collègues masculins par ceux qui regardent peu de sport en général. Les aficionados de sport, en revanche, estimaient ne pas voir de différence. D'où la possibilité de dépasser certains stéréotypes, à condition que les dirigeants de télé et de radio s'emparent de la question, conclut Kami Harris.

Ce procès en incompétence est raconté par de nombreuses journalistes, quelle que soit leur spécialité. Clémence Dibout, habituée des terrains de guerre, confie

---

67. L'association Femmes journalistes de sport a été lancée en mars 2021 et rassemble aujourd'hui plus de deux cent cinquante adhérentes.
68. Kami Harris, « Gender stereotypes, gender segregation, and credibility : crossing the lines in sports media », *The International Journal of Sport and Society*, n° 3(2), juillet 2013.
69. Lucie Schoch, « "Feminine" writing : the effect of gender on the work of women sports journalists in the Swiss daily press », *Media, Culture & Society*, n° 35(6), septembre 2013.

avoir toujours dû davantage faire ses preuves par rapport aux hommes: «On m'a toujours dit: "Toi sur un terrain de guerre? Ha, ha, ha"... Physiquement, je suis grande, blonde. On m'imagine plus à la présentation [de journaux] que sur le terrain. Je sais que ça a joué contre moi, en tout cas dans un premier temps, pour y accéder.»

Le sentiment de devoir en faire beaucoup plus que les hommes pour se faire une place à l'antenne est un leitmotiv dans le discours de nos témoins, notamment en raison de deux principaux stéréotypes de genre: la bimbo et la mère au foyer. Dans le premier cas, les femmes se voient opposer le «sois belle et tais-toi» et disposent donc de moins de temps de parole; dans le deuxième cas, leur parole est privilégiée, mais dans certaines spécialités, comme l'éducation, les questions de société, la mode, la culture, «des domaines informationnels qui sont considérés comme une extension de leurs responsabilités domestiques et du rôle qui leur est socialement assigné de soin, d'éducation et d'humanité[70]». Les chercheuses Béatrice Damian-Gaillard, Cégolène Frisque et Eugénie Saitta rappellent que ces assignations de rôles et de spécialités sont fluctuantes, le journalisme d'investigation ayant, par exemple, été la prérogative des femmes au début du XXe siècle. Mais ces attributions répondent le plus souvent à des objectifs commerciaux, dans le but d'attirer certains publics: «Les responsables éditoriaux peuvent décider de recruter des journalistes femmes parce qu'ils considèrent qu'elles seront plus à même d'intéresser tel ou tel public[71].»

70. Béatrice Damian-Gaillard, Cégolène Frisque et Eugénie Saitta, «Le journalisme au prisme du genre: une problématique féconde», *Questions de communication*, n° 15, 2009.
71. *Ibid.*

Le public et les réseaux sociaux

Avec internet et le développement des réseaux sociaux, qui modifient le rapport entre les journalistes et leur public, ces assignations et stéréotypes de genre ont trouvé un nouvel écho. Les commentaires en ligne permettent en effet de conforter les décisions de certains dirigeants. Étant donné que « le public est crucial pour le succès des médias d'information, ceux qui consomment davantage d'information parce qu'ils pensent que leurs préférences sont satisfaites augmenteront les audiences et donc les revenus grâce à la publicité », analysent les chercheurs Martina Santia, Lars Willnat et Stan Jastrzebski[72]. Et malheureusement sans surprise, qu'elles soient chroniqueuses, présentatrices de journaux ou reporters télé, toutes les femmes que nous avons interrogées affirment que la grande majorité de ces commentaires concernent la forme, et non le fond de leur travail, comme l'explique Aude Soufi-Burridge :

> À la télé, les gens ont cette image très apprêtée de toi et se disent que c'est de bon ton de faire des commentaires sur ta tenue ou tes cheveux. Tu es beaucoup jugée physiquement, y compris par des collègues, que ce soit en bien ou en mal. Je n'ai pas l'impression que les hommes vivent ça dans leur quotidien, y compris à la télé.

Un blog, par exemple, publie chaque jour les captures d'écran des passages de présentatrices télé, les montrant en plan large ou plus resserré. La pauvreté des commentaires – « elle est très belle », « très belle robe » – parle d'elle-même.

---

72. Martina Santia, Lars Willnat et Stan Jastrzebski, « Who covers what ? Analyzing audience perceptions of gender differences in news beat coverage », *Journalism*, n° 26(1), avril 2024.

Aude Soufi-Burridge confirme que, si la plupart des messages qu'elle reçoit sont bienveillants, 90 % portent sur son physique plutôt que sur son travail : « C'est objectivant et ça me chagrine un peu car, quand j'ai l'impression d'avoir bien travaillé, les gens vont dire : "C'est vraiment mieux, les cheveux détachés" ou "très jolie robe, le rouge vous va très bien", etc. »

Laetitia Limmois, qui publie régulièrement pour *Le Monde* des vidéos incarnées sur les réseaux sociaux, explique qu'« à partir du moment où on est sur internet on "appartient" un petit peu aux gens ». Et pour elle aussi, cela se traduit régulièrement par des commentaires sur sa tenue, son apparence, sa façon de parler. À ces commentaires s'ajoutent parfois des attaques mettant en cause sa crédibilité en tant que journaliste. « Quand le nouveau chef du Hamas a été nommé, j'ai fait une vidéo pour dire qui était cette personne. Mais ça a été très mal pris par une partie des *viewers*, qui ont pensé que je faisais l'apologie du Hamas et du terrorisme, alors que la vidéo respecte la déontologie, qu'elle est totalement neutre. » Elle poursuit :

> Il y a beaucoup de gens qui sont venus m'insulter gratuitement sur mes réseaux sociaux pour me dire des choses dégueulasses, me traiter de poubelle humaine. Les hommes qui m'insultent vont évidemment invalider le fait que je sois compétente, parce qu'une femme ne peut pas être super dans son travail de journaliste, c'est un métier intellectuel qui serait réservé aux hommes. Je n'ai pas beaucoup d'attaques de femmes, ce qui est assez parlant.

Pour se protéger de ces attaques, Laetitia Limmois a choisi de ne plus lire ces commentaires. Ses chefs font à présent le tri pour mettre en avant uniquement les plus bienveillants ou ceux qui interpellent sur certains aspects, mais dans l'échange et le respect. Les attaques sur les réseaux personnels, elles, sont directement signalées à sa hiérarchie.

Pour se protéger et préserver leur santé mentale, quelques-unes en viennent à une forme d'autocensure. Inès raconte s'être longtemps tenue à l'écart des réseaux sociaux par crainte du harcèlement en ligne : « Là, je m'expose un petit peu plus et, pour le moment, ça va. Mais il y a eu un homme qui commençait à m'écrire souvent et qui me reprochait de ne pas lui répondre. Donc j'ai contacté ma direction pour savoir comment réagir. Elle m'a dit de le bloquer. » La plupart des journalistes interrogées confirment être soutenues et aidées par leur hiérarchie face aux commentaires malveillants. Outre l'impact sur leur santé mentale, le risque est aussi que ces attaques en ligne se traduisent par des attaques physiques. Dans une étude de 2022 menée par l'International Center for Journalists (ICFJ) et portant sur 901 femmes journalistes dans le monde, « un cinquième des [sondées] ont déclaré avoir subi du harcèlement, des abus et des attaques physiques qu'elles estiment avoir été provoqués en ligne[73] ». Si aucune des journalistes à qui nous avons parlé ne fait état d'une telle corrélation entre attaques en ligne et attaques physiques, plusieurs évoquent de « mauvaises expériences » sur le terrain, ainsi qu'en témoigne Aude Soufi-Burridge :

> À chaque fois que j'étais correspondante […], je me sentais très exposée parce que j'étais face à une caméra ou un téléphone avec trois kilos de maquillage, dans la rue, y compris la nuit. Et parfois je me

73. Julie Posetti et Nabeelah Shabbir (dir.), « The Chilling. A global study of online violence against women journalists », *ICFJ*, novembre 2022.

sentais un peu vulnérable. Les gens qui m'ont alpaguée pendant mes directs n'ont jamais été des femmes. Ça n'a jamais été grave […] mais ce n'est pas très fun.

Marine Saint-Germain Regini, qui depuis notre entretien s'est reconvertie dans la psychothérapie, se souvient de l'un de ses derniers reportages. L'homme qu'elle interviewait n'avait alors cessé de « lui coller aux basques » : « Quand il me parlait, parfois il me touchait le bras. À un moment donné […], il me demande d'avancer et accompagne mon mouvement en mettant sa main dans le bas de mon dos, sur mes hanches. J'ai halluciné. Les autres personnes autour n'ont rien dit, je ne sais pas si elles ont remarqué. » Quant à Mejdaline Mhiri, elle raconte avoir été confrontée à des remarques déplacées sur les terrains de sport, notamment dans le milieu du rugby : « J'étais en train d'interviewer un des joueurs, quand le coach dit : "Si tu arrives à gratter son numéro…" C'était complètement déplacé de sa part, ça n'avait aucun sens. »

Ces commentaires, attaques et violences, qu'ils soient vécus en ligne ou physiquement, contribuent à réduire la voix des femmes journalistes dans la sphère publique, à les invisibiliser, en les forçant à se retirer, à s'effacer[74]. Le phénomène est particulièrement marqué pour les personnes racisées et LGBTQIA+, comme l'ont montré plusieurs travaux de recherche[75] menés à l'étranger. L'étude de l'ICFJ de 2022 explique, par exemple, que « les femmes journalistes noires, autochtones, juives, arabes, asiatiques et lesbiennes […] subissent de façon plus grave les conséquences

74. *Ibid.*
75. Kelsey Mesmer, « An intersectional analysis of U.S. journalists' experiences with hostile sources », *Journalism & Communication Monographs*, n° 24(3), septembre 2022.

de la violence en ligne ». Ainsi, la question de la représentation des femmes dans les médias, et notamment de leurs différences, reste centrale.

Entre autographes et manque de modèles

Dans certains cas, devenir journaliste permet d'accéder à une forme de notoriété. Si celle-ci est rarement liée aux premiers désirs de journalisme, elle est parfois bien vécue car elle rend tangible l'impact que la profession peut avoir sur le public. Pour celles présentes à la télévision ou sur les réseaux sociaux, être reconnue pour la première fois dans la rue permet de prendre conscience de l'importance de leur rôle, comme en témoigne Laetitia Limmois à propos de ses débuts dans la profession :

> À un moment donné, on m'arrêtait dans la rue, certains me demandaient des autographes ! C'était assez étrange comme basculement mais très sympa, parce que cela montrait bien qu'il y avait des gens qui nous regardaient, qui étaient intéressés. À cette époque, on avait tendance à croire que les jeunes ne voulaient pas s'informer. En fait, c'est juste qu'il n'y avait pas de format qui leur parlait car le journalisme reste quand même élitiste.

La journaliste du *Monde*, originaire de la Martinique, prend aussi conscience, à ce moment-là, d'une forme de responsabilité associée à cette nouvelle notoriété, étant donné le manque de modèles de personnes d'outre-mer dans le journalisme, et de femmes en particulier : « C'est difficile de ne pas parler d'intersectionnalité parce que je suis vraiment au carrefour de plein de choses, je suis une femme, je suis une femme noire, je n'ai pas grandi [dans l'Hexagone]. » Le concept d'intersectionnalité a été développé par Kimberlé Crenshaw[76] à la fin des années 1980 pour souligner que la « multidimensionnalité de l'expérience des femmes noires » ne peut être comprise par une analyse à axe unique. Depuis, le concept a été utilisé dans de nombreux travaux de recherche, principalement à l'étranger, pour « étudier la manière dont les conditions sociales et individuelles telles que le genre, l'origine ethnique, l'appartenance religieuse, la classe sociale, l'âge et/ou le handicap, entre autres, structurent l'identité des personnes et des communautés auxquelles elles sont rattachées et sur lesquelles elles sont discriminées[77] ». Ainsi, comme le souligne le chercheur Rafael Durán, « l'intersectionnalité est également appelée discrimination multiple », contre laquelle les politiques publiques sont souvent inefficaces.

Une étude[78] de 2021 menée par la chercheuse Omega Douglas auprès de vingt-six journalistes racisés travaillant pour de grands organes de presse britanniques souligne qu'« il existe un décalage entre les engagements organisationnels exprimés en faveur de la diversité et les expériences des journalistes noirs et métis. Ce décalage s'explique par la manière dont l'accent mis sur [les considérations commerciales] détourne l'attention des préoccupations éthiques axées sur la lutte contre les disparités raciales ». Laetitia Limmois raconte être régulièrement contactée par

76. Kimberlé Crenshaw, « Demarginalizing the intersection of race and sex : a Black feminist critique of antidiscrimination doctrine, feminist theory and antiracist politics », *University of Chicago Legal Forum*, n° 1, 1989.
77. Rafael Durán, « Gender and identity intersectionality : evidence from the Spanish press coverage of migrant and/or racialized women », *Journalism and Media*, n° 4(4), octobre 2023.
78. Omega Douglas, « The media diversity and inclusion paradox : experiences of black and brown journalists in mainstream British news institutions », *Journalism*, n° 23(10), mars 2021.

de jeunes aspirants journalistes, notamment des femmes, qui lui demandent : « Est-ce qu'il y a de la place pour moi, est-ce que je ne vais pas trop souffrir ? ». Leur peur : subir des discriminations.

Nora Hamadi dit avoir fait l'expérience du sexisme et du racisme au cours de sa carrière en étant renvoyée à des « représentations, des préjugés » : « J'étais la fille racisée, on a très vite cherché à m'assigner aux questions sociales, aux quartiers, etc. Et moi, je me disais : "Bah non, je vais quand même un minimum décider de ce que je veux traiter." » Elle aborde également la question de son rôle en tant que journaliste et des responsabilités qui vont de pair :

> J'ai conscience d'être privilégiée car je vais sur des plateaux de télé où on me demande mon avis et où des gens m'écoutent. On me paye pour prendre la parole ! Mon père faisait des ascenseurs et mon grand-père était à la chaîne chez Renault. Je me rends compte de ce pouvoir quand je retourne dans mon quartier d'enfance et que les gens me reconnaissent et sont hyper contents de me voir.

Cet espoir d'incarner un modèle est surtout présent dans le discours des journalistes racisées. En effet, si les femmes sont de plus en plus présentes dans la profession, celle-ci peine encore à se diversifier. En l'absence de statistiques, il est difficile de savoir si la situation s'améliore dans les médias français[79]. Une chose, en revanche, est certaine : les programmes d'information à la télévision n'incluaient que 9 % de personnes perçues comme « non blanches » en 2023, et celles-ci étaient « proportionnellement plus représentées

79. Des chiffres existent pour la Belgique francophone (« La diversité au sein de la profession de journaliste, 2012-2023 »). En revanche, ils ne peuvent servir à évaluer la diversité dans le journalisme en France, étant donné les disparités dans la profession entre les deux pays.

négativement», d'après les chiffres publiés par l'Arcom sur la représentation de la diversité de la société dans les médias entre 2013 and 2023. À l'instar de Mejdaline Mhiri, qui s'inquiète que la place des femmes journalistes dans le sport soit en train de se réduire, Nora Hamadi évoque un sentiment de «*backlash*», surtout pour les «femmes racisées qui se sont un peu engagées sur ces questions». Un rapport des Nations unies souligne en effet que ce «*backlash*» («retour en arrière» ou «retour de bâton») se traduit par la remise en cause, dans de nombreux pays, des droits des femmes au travers «de discours et de politiques antiféministes. Selon UN Women, les disparités entre les sexes s'aggravent» depuis quelques années. Le rapport montre aussi que «les discriminations à l'égard des femmes reposent à la fois sur des différences biologiques et socialement construites», et reconnaît que «les expériences de discrimination des femmes sont également déterminées par d'autres identités sociales (origine ethnique, handicap, âge, sexualité, etc.)[80]». Sur le sentiment de perdre du terrain dans les médias, Nora Hamadi ajoute:

> On pensait que c'étaient des choses acquises alors que pas du tout. On voit que, sur ces questions, on est en train de perdre. [J'ai été] la seule productrice non blanche de France Culture de 6h30 à 21 heures, du lundi au dimanche. Et je ne suis pas noire, juste «marron». Ce n'est pas rien, surtout quand on est une femme. Je pense que c'est important d'avoir des gens issus de toute la diversité sociale, colorimétrique, ethnique, religieuse. Comptez-moi les musulmans dans les rédactions!

Se définissant comme «l'arbre qui cache la forêt», Nora Hamadi évoque l'hypocrisie de certains médias: «On va mettre une personne racisée en tête de gondole pour

80. OHCHR, «Gender equality and gender backlash», 2024.

présenter une émission, mais tout le reste de la rédaction est blanc CSP+. Ça n'a pas de sens ! » Dans la littérature anglo-saxonne, ce concept a été théorisé sous le nom de « *tokenism* » (que l'on pourrait traduire en « action symbolique de pure forme »). Une étude de 2022 portant sur une initiative menée en Allemagne pour placer 30 % de femmes à des postes à hautes responsabilités dans les rédactions a mis au jour ce phénomène. Plusieurs journalistes s'inquiétaient de servir de « *token* » ou de « femme quota » : « Des femmes qualifiées sont embauchées, mais principalement pour des raisons d'image ou pour cocher une case, plutôt que pour véritablement instaurer la parité au sein d'une direction[81]. » Cela pose plusieurs problèmes, notamment le fait que ces « *tokens* » sont souvent stéréotypées ; elles font également « l'objet d'une surveillance particulière en raison d'une visibilité accrue, ce qui entraîne une forte pression sur leurs performances », écrivent les chercheuses Stine Eckert et Karin Assmann.

Pour beaucoup de femmes travaillant dans l'audiovisuel, se pose également la question de vieillir dans la profession. Car, là encore, hommes et femmes ne sont pas logés à la même enseigne. Si les chiffres sont parcellaires concernant la radio et la télévision en particulier, on sait en revanche que les femmes sont plus nombreuses que leurs confrères masculins à quitter le journalisme prématurément. Alors qu'elles constituaient 53 % des premières demandes de carte de presse en 2024, elles n'étaient que 48 % à renouveler cette carte, d'après les chiffres de la CCIJP. Et pour l'année 2023, les femmes représentaient

81. Stine Eckert et Karin Assmann, « The "ProQuote" initiative : women journalists in Germany push to revolutionize newsroom leadership », *Feminist Media Studies*, n° 22(5), février 2021.

seulement 44,5 % des journalistes de plus de 46 ans, contre 51,2 % chez les moins de 46 ans, tous secteurs confondus, d'après l'Observatoire des métiers de la presse. Plusieurs facteurs sont à prendre en compte pour expliquer ces départs précoces. Jean-Marie Charon et Adénora Pigeolat citent notamment la vie personnelle, les discriminations, le sexisme, et la violence au travail[82]. Mais, pour celles qui sont le plus exposées dans les médias, la question de l'image est également cruciale. « *Quid* d'une femme âgée de plus de 40 ans sur les terrains compliqués, les terrains de guerre ? », s'interroge Clémence Dibout, qui prédit déjà des réactions concernant sa présence sur des lieux difficiles, passé un certain âge :

> Mes aînées ont montré l'exemple : Dorothée Olliéric, Agnès Vahramian, Maryse Burgot ou Liseron Boudoul. Mais je sais qu'on en demandera beaucoup plus, inconsciemment, à une femme mûre qu'à un homme du même âge, du style : « Qu'est-ce qu'elle fait encore sur le terrain, pourquoi elle n'est pas chez elle en train d'éduquer ses enfants ? » Après, le regard des gens, on s'en fiche, mais je sais qu'il faudra faire avec ça.

Si la plupart des femmes interrogées s'imaginent très bien vieillir dans le journalisme, celles qui travaillent en télévision estiment que la société et les supérieurs hiérarchiques l'entendent souvent différemment. « Ce n'est pas un métier où l'on vieillit très bien. Faire de l'antenne pour les femmes un peu plus âgées, on sait comment ça se passe », sous-entend Inès, qui ne se voit pas « continuer à faire des reportages à 50 ans ». Alors que des progrès concernant la représentation des femmes dans les

82. Jean-Marie Charon et Adénora Pigeolat, *Hier, journalistes*, *op. cit.*

médias ont été réalisés, ceux-ci sont souvent trop lents. Certaines témoignent même de reculs sur la place qui leur est accordée et les rôles qui leur sont dévolus. Les évolutions du métier s'ajoutent, pour beaucoup, à ces inquiétudes.

Médias bouleversés, journalistes inquiètes

L'économie des médias est en pleine mutation, bouleversée par le jeu de ventes et d'achats des groupes de presse auquel se livrent une poignée de milliardaires, par une concurrence accrue, y compris avec les réseaux sociaux, par la propagation des *fake news*, mais également par le développement éclair de l'intelligence artificielle. Pour les journalistes que nous avons interrogées, ces changements sont autant de sources d'inquiétude quant à l'avenir de leur métier. À cela s'ajoute le sentiment que le journalisme est de plus en plus dévalorisé et impopulaire auprès du public, ce que confirme le baromètre annuel *La Croix*-Verian-La Poste sur la confiance des Français dans les médias.

Certes, ces appréhensions ne sont en aucun cas circonscrites aux femmes ; au contraire, elles sont largement partagées dans la profession, comme l'indique la consultation sur l'état de bien-être des journalistes publiée en 2024. Mais comprendre comment les femmes envisagent l'avenir du métier permet également de cerner les stratégies qu'elles mettent en place pour y rester.

Dévalorisation

En 2024, les Français étaient 62 % à penser qu'il faut se méfier de ce que disent les médias sur les grands sujets d'actualité, contre 54 % un an plus tôt, d'après le baromètre de *La Croix*. Une étude du Reuters Institute for the Study of Journalism estimait quant à elle la confiance dans les médias en France à 31 % en 2024, contre 38 % en 2015, un chiffre bas comparé à la Finlande, par exemple, où la confiance s'établit à 69 %. Certes, les résultats de sondages sont à prendre avec précaution car ils manquent souvent de détails dans les données. Le risque est de contribuer à alimenter cette défiance sans s'interroger, de façon précise, sur les tenants et aboutissants et sur ce qui pourrait être amélioré. Et comme le rappelait Pierre Bourdieu, les sondages, loin de recueillir de façon neutre une opinion déjà existante, ont tendance à la fabriquer pour répondre à certains projets préétablis[83]. Une certitude demeure toutefois : ces sondages, dans les deux cas, témoignent d'une forme de dégradation de la confiance.

Plus d'un quart des journalistes que nous avons interrogées parlent d'un climat grandissant de défiance envers la presse. Pour Nora Hamadi, celui-ci a été précipité par le mouvement des Gilets jaunes et la couverture médiatique qui leur a été accordée : « Sur les trois premières semaines, le niveau d'ignominie qui a pu être atteint sur ce qui était déjà un mouvement social… Cette déconnexion-là produit des médias qui sont parfois hors-sol. C'est aussi pour ces raisons […] qu'on fait partie des professions les plus détestées. Il y a peut-être quelque chose à retisser. » Anne-Sophie Novel, qui travaille notamment sur la place et le rôle des médias, estime que, si le mouvement des Gilets jaunes a mis en exergue la défiance envers les journalistes, celle-ci a toujours existé :

83. Pierre Bourdieu, « L'opinion publique n'existe pas », *Les Temps modernes*, n° 318, 1973.

> Il y a toujours eu ces repas de famille où on entendait : « Les journalistes, c'est tous des cons, des menteurs, etc. » Avec les Gilets jaunes, on a vu les premiers journalistes se faire conspuer, Raphaël Maillochon de BFMTV se prendre un œuf sur la tête face caméra. Mais j'avais senti monter ça. En regardant les chiffres du baromètre *La Croix*, j'avais analysé l'évolution de la défiance. Elle fluctue d'une année sur l'autre mais elle a toujours été importante.

Beaucoup ont fait l'expérience directe de cette méfiance et de cette hostilité au contact du public. D'après l'étude de 2024 sur le bien-être des journalistes, ce sont en tout 87 % des hommes, femmes et non-binaires qui ont été confrontés, au moins une fois, à des commentaires désagréables sur les réseaux sociaux et/ou dans leur entourage, à de l'agressivité dans l'espace public et/ou à des violences physiques. Lucile Guillotin confirme une dégradation des conditions d'exercice du métier :

> Avant, quand j'allais sur des reportages, j'étais bien accueillie, j'étais prise au sérieux par mes interlocuteurs, etc. Maintenant, on est un peu comparés aux flics, « tous pourris ». L'image de la profession a été clairement dégradée en dix ans. J'ai des copines et des copains sur les manifs qui se font insulter, cracher dessus, tabasser. Pour les Gilets jaunes, à France Télé en région, on avait des gardes du corps. C'était interdit qu'un journaliste parte tout seul sur le terrain pour rencontrer les Gilets jaunes. On marche sur la tête, je trouve ça dérangeant.

Marine Saint-Germain Regini, elle, a eu le sentiment d'avoir été moins prise au sérieux lors de ses derniers reportages qu'au début de sa carrière : « Les gens me demandaient : "Est-ce qu'on peut se tutoyer?", alors que normalement c'est à moi de poser la question. Il y avait ces attitudes trop amicales, trop décontractées. Moi j'étais là pour le boulot mais ils me prenaient vraiment pour leur copine. »

Le sentiment d'exercer un métier qui, de façon ironique, « n'a pas très bonne presse » est d'autant plus difficile à vivre que le rêve de journalisme était, pour plusieurs de nos témoins, lié à une image de prestige, associant altruisme, qualités intellectuelles et valeurs démocratiques. À présent, beaucoup parlent de sacrifices avec peu de contreparties. « On donne beaucoup à notre métier mais on n'a ni reconnaissance financière ni reconnaissance sociale. Je n'en souffre pas, parce que ça m'est égal ce que les gens pensent. Et en étant à la télé j'ai l'impression que, même si les gens nous détestent, au moins ils nous regardent », explique Aude Soufi-Burridge. Sans ces récompenses matérielles ou symboliques, l'*illusio* journalistique, qui agit comme un aimant pour la profession, perd alors de sa force d'attraction. Dans ces cas-là, certains et certaines peuvent être tentés d'arrêter, comme l'a fait Aude Soufi-Burridge avant d'y revenir.

Plusieurs journalistes estiment également que la profession continue de pâtir d'une image très éloignée de la réalité, au point de ne plus oser dire à de nouvelles connaissances ce qu'elles font dans la vie. Parmi les lieux communs le plus souvent entendus : « tous menteurs », « tous vendus », parce que les journalistes seraient « de mèche avec les politiques », et « tous nantis », parce qu'ils bénéficient « d'un abattement fiscal », énumère Ségolène Barbé. Mais quelques-unes, comme Nora Hamadi à propos de la couverture des Gilets jaunes, reconnaissent que toutes les critiques ne sont pas sans fondements. Ariane Lavrilleux souligne, par exemple, la dérive de certaines pratiques journalistiques :

> Ça me soûle un petit peu qu'on dise tout le temps : « Mais pourquoi les gens n'aiment plus les médias ? » En fait, personne n'a jamais vraiment aimé les médias, c'est juste qu'avant il y avait moins d'offre, il n'y avait que l'ORTF… Nous sommes au contact quotidien de ces critiques, mais pas les directions de rédaction qui décident des lignes éditoriales ou des stratégies, ou simplement ne prennent pas la peine d'expliquer comment elles fabriquent l'information.

Certains retours sont ainsi parfois considérés comme salutaires car ils permettent une remise en question du travail des médias. Prenant l'exemple des manifestations contre la vie chère en Martinique en 2024, Laetitia Limmois dénonce la façon dont certains sujets sont encore couverts de façon caricaturale :

> Je cherchais des images dans les agences mais il n'y avait rien, ça m'a vraiment choquée. Je me suis dit : « Il n'y a pas un journaliste dans la Caraïbe pour faire deux ou trois photos des manifs ? » La première image sur le sujet publiée par l'AFP a été celle d'une voiture brûlée. Donc il faut attendre qu'il y ait des débordements et des violences pour que, comme d'habitude, on parle des outre-mer et qu'on dise que les gens là-bas se tapent dessus avec les forces de l'ordre. Mais on n'explique pas pourquoi au départ les gens étaient dans la rue !

Les propos de Laetitia Limmois rejoignent le constat dressé par l'Arcom, mentionné précédemment, sur la représentation négative des personnes perçues comme « non blanches » dans les programmes d'information. Une étude menée aux États-Unis, concernant le lien entre estime de soi et impact des stéréotypes à la télévision sur les personnes originaires d'Amérique du Sud, a montré que « l'exposition aux stéréotypes par le biais des médias peut avoir un impact [négatif] sur les membres du groupe stéréotypé, en particulier lorsque l'identification d'une personne au groupe est au cœur de son identité globale[84] ».

C'est un problème similaire que met en lumière Nora Hamadi lorsqu'elle évoque la façon dont les journaux couvrent les sujets de rentrée scolaire chaque année: «Pourquoi est-on à chaque fois avec le jeune Côme dans le 15e arrondissement, à Boulogne ou à Clamart? Parce qu'une majorité de la presse française est là-bas. J'attends de voir le sujet sur Ramata et ses quatre enfants à La Courneuve. Ce droit au traitement normalisé est central pour se sentir représenté, entendu, digne.» La propagation de stéréotypes dans la façon dont certains sujets sont traités – et qui contribue à dévaloriser la profession aux yeux du public – découle en partie d'un manque de diversité parmi les journalistes et leurs sources. Une étude de 2017 sur la façon dont la presse flamande donne la parole aux femmes et aux minorités ethniques conclut notamment que «le "manque de diversité" dans la société peut être perçu comme une fiction commode utilisée par les journalistes pour justifier la composition très *mainstream* de leurs réseaux. On se trouve ici face à un cercle vicieux: sans sources diversifiées, il ne peut y avoir de représentation diversifiée[85] ».

Pour plusieurs des femmes que nous avons interrogées, la défiance grandissante du public envers les médias trouve également son origine dans la concurrence accrue avec les

---

84. Jessie Shafer et Rocío Rivadeneyra, «The impact of televised stereotypes on the state self-esteem of Latino/a emerging adults: the moderating role of ethnic-racial identity», *Emerging Adulthood*, n° 10(2), mai 2020.
85. Hanne Vandenberghe, Leen d'Haenens et Baldwin Van Gorp, «Women, ethnic minorities and newsworthiness: journalists' perceptions», *Journalism*, n° 21(2), août 2017.

réseaux sociaux et le flot d'information et de désinformation qui y circulent. « Il y a des réseaux sociaux où certains s'improvisent journalistes, sans carte de presse, sans formation… Aujourd'hui, un mec sur YouTube qui a cinq cent mille abonnés sera pris davantage au sérieux qu'un grand reporter du *Monde* », s'alarme Lucile Guillotin. « C'est pour ça qu'à Radio France et à France Télé il y a maintenant ces émissions comme "Le vrai du faux" où on décrypte [l'information], parce qu'on doit prouver que ce qu'on raconte est vrai, que le propos est juste », estime-t-elle. Anne-Sophie Novel dresse le même constat : « Aujourd'hui, cette défiance a pris un autre visage parce qu'il y a, dans nos téléphones portables, un accès à tellement de flux de médias différents que la parole journalistique est complètement diluée. » Ce problème n'est pas seulement lié à l'image de la profession. Il est également économique et interroge sur la façon dont les journalistes doivent s'adapter dans une écologie des médias en pleine mutation, comme l'explique Anne-Sophie Novel :

> Pour certains, les supports médias, ce sont des trucs de *boomer*. Ça ne fait plus du tout référence. Tout est éparpillé, on peut se fabriquer son propre cocktail avec des ingrédients tellement vastes. Donc je comprends ces confrères et consœurs qui se positionnent sur Instagram ou TikTok pour se mettre dans le flot de ce qui apparaît en premier sur les smartphones des gens. Les chiffres le montrent, il n'y a que 10 % des personnes qui lisent la presse en ligne qui sont abonnées.

Margaux Bédé, qui participe à de nombreux projets pédagogiques dans des lycées, confirme le désintérêt et la défiance des nouvelles générations vis-à-vis des médias traditionnels : « Quand je demande aux élèves :

“Est-ce que vous croyez la parole des journalistes?”, ils répondent: “Pas du tout”. “Où est-ce que vous vous informez?” “TikTok”.»

Concurrence accrue

Ces inquiétudes concernant la santé des titres de presse sont largement partagées par les journalistes interviewées, plus d’un tiers ayant subi de façon plus ou moins directe les conséquences de restructurations dans leurs rédactions. Comme pour la question de la défiance envers les médias, les femmes ne sont pas les seules concernées par ces bouleversements économiques, mais elles y sont souvent plus exposées. Elles sont en effet plus nombreuses dans les emplois précaires (piges, CDD, etc.) comparé aux hommes, comme l’indiquent les chiffres de la CCIJP. Et ces données sont loin de dessiner une image précise de la profession, car ne peuvent prétendre à la carte de presse que celles et ceux dont les revenus liés au journalisme sont supérieurs à la moitié d’un Smic brut. Beaucoup de journalistes en situation de précarité sont donc exclus de ces statistiques.

Les salariées en piges ou en CDD que nous avons interrogées confirment les difficultés grandissantes «à vendre des sujets» ou «à retrouver des collaborations» lorsque des publications cessent d’exister. Marine Saint-Germain Regini parle d’un «choc violent» et d’une «désillusion» lors de ses premiers pas dans le métier, notamment en raison des difficultés subies par la presse: «La manière dont les médias sont économiquement en souffrance se répercute sur nos modes de vie au travail. On n’a pas les moyens d’en faire autant qu’on voudrait. Par conséquent ça se répercute aussi sur la qualité du travail et donc sur les consommateurs. C'est un cercle vicieux. » Pour les journalistes en CDI, l'inquiétude est également vive concernant le manque de ressources financières, la concurrence accrue entre les médias et la façon dont cela affecte leur travail, comme l'explique Caroline Constant de *L'Humanité* :

> Le gros souci, c'est qu'on n'est pas assez nombreux, à cause de l'état de nos finances. C'est vrai qu'il y a des moments où c'est plus dur que d'autres : quand vous revenez de congé maternité, en l'occurrence. J'ai été beaucoup accompagnée au retour de mes deux congés maternité… mais vous n'avez pas le temps de vous reposer sur vos lauriers, il faut être là, sinon les pages ne sortent pas.

Marine Digabel, qui travaille pour une agence de presse spécialisée, considère que « le fait d'être dans un petit groupe de presse [fait] qu'on n'est jamais prioritaire et qu'on a rarement les scoops ». Les médias les plus connus font également face à de nouveaux défis pour rester dans la course. D'après le *Reuters Institute Digital News Report* 2024, le site Hugo Décrypte est plus souvent mentionné par les sondés, concernant les médias d'information qu'ils suivent, que *Le Monde*, *Le Figaro* et *Libération* réunis. Pour Aude Soufi-Burridge de Franceinfo, cette course à l'information empêche souvent les journalistes de prendre du recul sur la façon dont sont traités certains sujets : « Avant, il y avait déjà trois chaînes d'infos qui se tiraient la bourre. Maintenant, on est quatre. Et avec les réseaux sociaux, tout va tellement vite qu'il faut se précipiter. » Ce climat général, qui nécessite d'être toujours premier, a contribué à sa « crise de foi » vis-à-vis de la profession.

Nombreuses sont celles à avoir partagé les mêmes doutes à un moment ou à un autre de leur carrière. Pour

Ariane Lavrilleux, le sentiment d'« être un pion de l'information », de ne « pouvoir creuser aucun sujet » l'a incitée, en début de carrière, à quitter son premier CDI pour devenir pigiste : « On est les ouvriers de l'information, on passe du coq à l'âne, d'une visite ministérielle à un sujet sur la prostitution, une enquête sur les logements trop petits et un micro-trottoir débile sur l'augmentation du prix des cigarettes ou sur la neige qui tombe. » Alors que les rédactions font face à des pressions croissantes, qu'elles soient économiques, technologiques ou organisationnelles, plusieurs journalistes s'inquiètent de la façon dont le métier va continuer d'évoluer, à l'instar de Delphine Tanguy :

> Ce qui est plus fort aujourd'hui qu'au moment où j'ai démarré ma carrière, c'est la précarité, le chômage, les contrats bidon. Je ne sais pas si les femmes en sont plus victimes que les hommes, mais la presse est encore plus en difficulté. *Ouest-France*, par exemple, vendait quasiment un million d'exemplaires par jour, ça semble délirant aujourd'hui ! Il n'y a plus de journal qui arrive à ça en France. *Le Monde* est le contre-exemple, ça marche très bien. Mais, pour tous les autres, c'est tellement difficile, notamment pour la presse régionale !

Pour les journalistes qui ont passé la cinquantaine, se pose également la question de la mobilité : « Qui va embaucher une femme de [mon âge] ? », s'interroge Virginie. « Ce qui est féminin, c'est d'avoir le sentiment que, si je change de travail [...], je n'arriverai pas en terrain conquis », ajoute-t-elle. Pour Ségolène Barbé, si son statut d'indépendante est épanouissant, elle reconnaît également que la possibilité d'une embauche devient de plus en plus « compliquée, plus on avance en âge ».

Nouvelles technologies

Certaines journalistes s'interrogent également sur leur capacité, mais aussi leur désir d'adaptation face à de nouvelles technologies en perpétuelle mutation et à la place omniprésente des réseaux sociaux dans l'espace informationnel. « Je suis des journalistes [sur les réseaux sociaux] qui font des contenus de qualité en travaillant les algorithmes pour savoir quand il faut poster, le ton qu'il faut, etc. [Un média] m'avait demandé de poster tous les jours sur LinkedIn de manière un peu indignée. Moi, je refuse d'entrer là-dedans », explique Anne-Sophie Novel, pour qui le pouvoir des médias traditionnels reste néanmoins important :

> Pour bien fonctionner sur les réseaux sociaux, il faut aussi être invité sur France Télé ou avoir des chroniques à la radio. Les grands médias décident encore de la visibilité qu'on a sur les réseaux sociaux. Pour moi, les journalistes les plus en vue sont aussi des personnes qui ont les moyens d'être vues parce qu'aidées par les médias dominants, plus conventionnels.

Ses observations font écho aux travaux de recherche menés par Andrew Chadwick sur le « système médiatique hybride », dans lesquels il affirme que les médias traditionnels, en particulier la télévision, restent au cœur des systèmes contemporains[86]. Malgré cela, plusieurs des journalistes avec qui nous avons parlé craignent de voir leur liberté éditoriale s'amenuiser, à mesure que les réseaux sociaux imposent de plus en plus leurs formats et critères. Pour la reporter de guerre Dorothée Olliéric, avec la multiplication des sources d'information, les rédacteurs en chef

---

86. Andrew Chadwick, *The Hybrid Media System. Politics and Power*, Oxford University Press, 2017.

ont dorénavant une idée très précise de ce à quoi doivent ressembler les reportages, avant même qu'ils soient filmés : « Ils contrôlent tout et font souvent des modifications sur nos sujets, parce que c'est facile avec les nouveaux moyens de diffusion, qui sont très rapides. Ils interviennent donc beaucoup plus qu'avant. »

Le développement de l'intelligence artificielle constitue sans surprise l'autre grande inquiétude, étant donné sa capacité à rebattre les cartes du journalisme. Dans l'étude sur le bien-être des journalistes de 2024, plus de la moitié considère l'intelligence artificielle comme une menace pour le métier. Delphine Tanguy dit par exemple se méfier « de ce nouvel outil qui est censé vous aider mais au prix de quel renoncement ? ». Elle poursuit : « Un journaliste doit pouvoir rester maître de son article du moment où il obtient son information jusqu'au moment où il met le point final à son texte. Un robot ou des gens qui ne sont pas journalistes ne doivent pas intervenir, [car] on travaille une matière qui est souvent sensible. »

Pour Anne-Sophie Novel, l'un des risques est de voir certaines professions disparaître : « Potentiellement, c'est un outil qui peut nous aider, mais qui peut aussi nous faire perdre des contrats. Les graphistes ou les traducteurs voient leur métier changer très vite. » De nombreuses rédactions utilisent l'intelligence artificielle pour effectuer certaines tâches, à l'instar du *Monde* pour la traduction d'articles en anglais, afin d'en proposer une version audio, et pour identifier les commentaires des abonnés qui ne respecteraient pas la charte des contributions. Mais le quotidien du soir s'est également doté d'une charte sur l'intelligence artificielle pour encadrer son utilisation et rappeler que celle-ci ne peut, « en aucun cas, se substituer aux équipes éditoriales ».

Au niveau local, Anne-Sophie Novel estime que « l'IA ne pourra pas aller faire des reportages à [sa] place, ce n'est pas possible », souhaitant ainsi que ces nouvelles technologies poussent peut-être « à aller plus sur le terrain, plus auprès des gens ». Cécile Ollivier s'inquiète aussi que les journalistes soient remplacés sur certaines missions. Mais, tout comme Anne-Sophie Novel, elle espère un sursaut :

> Je pense qu'une intelligence artificielle ne saura pas sortir des scoops : c'est quelque chose d'humain, on ne pourra jamais être remplacé là-dessus. Pareil pour la belle écriture : je ne suis pas sûre qu'une intelligence artificielle sache le faire. Je vois l'IA comme quelque chose qui saura faire du montage vidéo, bâtonner des dépêches, etc. Après, le problème, c'est si cela suffit aux lecteurs… Mais peut-être que le métier se recentrera sur la sortie d'infos, c'est ce que je souhaite en tout cas. Cela nous forcera alors à monter en qualité, à chercher de vrais sujets d'enquêtes, de vraies « exclu », de vrais angles ou une vraie belle écriture. Je ne pense pas qu'une intelligence artificielle puisse écrire comme Julie Brafman[87] ou Pascale Robert-Diard[88].

Si les femmes que nous avons interrogées partagent de nombreuses inquiétudes concernant les évolutions de la profession, elles ont aussi en commun la conviction que non seulement le journalisme reste essentiel dans nos sociétés, mais qu'elles y ont trouvé leur place. En tentant de concilier idéaux et pratiques du métier, elles ont établi un certain nombre de stratégies et procédé à des ajustements, qu'ils soient conscientisés ou non, pour rester journalistes… et ainsi continuer de faire vivre leur *illusio*.

87. Spécialiste justice et chroniqueuse judiciaire à *Libération*.
88. Chroniqueuse judiciaire au *Monde*.

CHAPITRE III

RESTER JOURNALISTE

Les femmes journalistes sont diplômées, voire très diplômées, ont souvent multiplié les stages et autres contrats dans diverses rédactions, accumulant ainsi les savoirs et les techniques tout en faisant leurs preuves à chaque nouvelle expérience professionnelle. Mais, malgré leur CV bien rempli, quelque chose semble coincer. Comment asseoir sa légitimité dans une profession qui atteint désormais quasiment la parité mais où les codes des hommes dominent encore beaucoup? Comment forger sa propre identité sans céder au poids des stéréotypes? Sans souvent les nommer ainsi, et parfois même sans en avoir pris conscience avant nos entretiens, les femmes journalistes utilisent plusieurs stratégies pour continuer de donner du sens à leur métier et éviter une dissonance cognitive entre croyances et comportements, et ainsi maintenir leur *illusio*.

S'imposer

Même sans imaginer occuper des postes au plus haut niveau dans la hiérarchie, les femmes journalistes que nous avons interrogées ont souvent dû batailler pour se faire respecter dans le métier. Leur premier objectif est pourtant simple: bien faire leur travail, décrocher des sujets intéressants, récolter des informations et produire des contenus de qualité. Mais cette quête peut être freinée par une hiérarchie qui ne leur fait pas confiance, par des collègues qui ne les soutiennent pas ou par des sources qui ne les prennent pas au sérieux. Comment alors se libérer des différents préjugés et injonctions ?

Asseoir sa légitimité

Se protéger, se blinder, etc. Ces expressions, plusieurs femmes les ont utilisées spontanément pour parler de leur stratégie dans des moments de découragement ou pour se préserver de la brutalité parfois vécue dans la profession. « Il faut un peu se blinder. Je suis suivie par une psy, je travaille beaucoup sur moi. J'ai aussi beaucoup de soutien moral pour gérer tout ça », explique Inès à propos des messages violents qu'elle peut recevoir de la part de téléspectateurs. Certaines journalistes vont jusqu'à déconseiller cette voie, à l'image de Léna, qui travaille sous le statut de pigiste :

> Quelqu'un qui est trop sensible, je lui dirais peut-être de réfléchir à deux fois, parce qu'il faut vraiment avoir les épaules pour tenir jusqu'au bout. C'est un métier qui peut être dangereux quand on se trouve dans des sphères toxiques. Parce qu'on aime ce métier, qu'on ne veut pas lâcher, qu'on a peur, on se retrouve à mettre sa santé en péril, sa vie personnelle de côté. Je trouve que c'est un vrai risque.

Pour ne pas lâcher, Cécile Ollivier, grand reporter au magazine *Elle*, met en avant l'importance de travailler « le savoir-être » dans une profession où la pression est lourde au quotidien :

> Il faut un peu apprendre à nager en eaux troubles, à avoir l'air très sûr de soi, ce que l'on n'est pas forcément au départ quand on est

> jeune. Il faut cultiver ça, ne pas hésiter à faire comme les hommes... Ce sont des choses auxquelles on ne pense pas du tout. En tout cas, on ne nous a jamais appris ça [à l'école de journalisme].

Dans le journalisme sportif, Mejdaline Mhiri pense que beaucoup de femmes qui ont réussi à se faire une place sont les mêmes qui avaient su s'affirmer, dans l'enfance, face aux garçons : « J'ai une hypothèse, qui ne repose sur aucun élément très concret, mais je pense qu'aujourd'hui les journalistes sportives, dans leur grande majorité, ce sont celles qui dans la cour de récré jouaient au foot avec les garçons, qui étaient un peu têtes brûlées. » Le constat est proche pour Lucile Guillotin, qui travaille également dans le sport : « Moi, j'ai une chance, c'est d'avoir un fort caractère. Je ne le cache pas, parfois un très mauvais caractère ! Il faut ça », affirme-t-elle. À ses yeux :

> Il faut aussi se mettre un peu dans sa bulle. Ne pas écouter les commentaires. J'en ai bavé quand j'ai commencé à commenter [les matchs de football du] Racing Club de Strasbourg, et je me suis dit : « Lucile, arrête d'écouter ce que les gens racontent. » Et à partir du moment où j'ai intégré ça, ça allait mieux. Donc, en tant que femme, il faut vraiment se blinder.

La rigueur a été au cœur de ses plans, dès le début de sa carrière, pour acquérir sa légitimité. « Là où un gars va mettre deux heures à préparer son match, j'en mettais quatre. Pour faire le moins de bêtises possible, j'apprenais par cœur les dates et les noms des joueurs, leur histoire. C'est tout un travail en amont », explique Lucile Guillotin. Cette stratégie consistant à « en faire deux fois plus » a également été adoptée par Aline Brachet, qui s'est spécialisée dans les questions d'environnement. «Bien préparer les interviews et bien connaître un sujet, c'était ma manière de pallier le fait, quand j'étais plus jeune et que je travaillais sur des sujets techniques, qu'on ne me prenait pas forcément au sérieux», se souvient-elle.

Plusieurs journalistes ont confié avoir mis en place une réflexion pour atténuer leur identité de genre[89], c'est-à-dire gommer au maximum les attributs liés traditionnellement au féminin. C'est notamment le cas d'Elsa Freyssenet, qui, à ses débuts dans le journalisme politique, se rappelle avoir «travaillé» son apparence physique afin de mieux contrôler le cadre de l'interview, surtout lorsqu'elle devait interroger des hommes :

> Mon souci était d'être prise au sérieux par des hommes de pouvoir plus âgés que moi, et aussi de ne pas me faire draguer. Je me souviens très bien, à l'époque, que je déployais toute une réflexion sur la manière de m'habiller pour me vieillir. J'avais les cheveux longs mais surtout pas lâchés, je faisais des chignons. Je mettais des cols roulés et des pantalons ; si j'optais pour une jupe au-dessus du genou, c'était avec collants opaques. J'ai toujours aimé m'habiller, donc je voulais être jolie, je ne cherchais pas l'androgynie, mais je voulais être irréprochable du point de vue de la pudeur.

Au début de sa carrière, Margaux Bédé se souvient être allée plus loin, pour prévenir toute possibilité d'un glissement vers une situation de séduction. Elle anime à l'époque une émission à la radio, pendant laquelle elle est souvent amenée à interroger des personnalités politiques :

89. Béatrice Damian-Gaillard, Sandy Montañola et Eugénie Saitta, *Genre et journalisme. Des salles de rédaction aux discours médiatiques*, *op. cit.*

J'avais une attitude beaucoup plus masculine. Au début, des politiques voulaient me faire la bise et me tutoyer. J'ai vite mis des barrières. Même mes tenues, moi qui adorais porter des jupes, voire des minijupes, je ne le faisais plus du tout. Je pense qu'en fonction de l'endroit où je suis, je peux avoir, vu de l'extérieur, une attitude un peu masculine, je vais m'adapter.

L'objectif est d'être regardée non comme une femme, mais comme une professionnelle de l'information, dans une spécialité – la politique – longtemps restée un bastion masculin. Nora Hamadi a choisi d'adopter une autre tactique pour faire son travail, quand elle traitait des questions européennes :

Je n'estime pas avoir une grammaire masculine, au sens où je peux être hyper féminine, mais je joue la carte de l'affirmation. Il y a quelque chose de l'ordre de « j'occupe l'espace, j'occupe le terrain, j'ouvre ma gueule ». C'est-à-dire que je ne vais pas attendre, en conférence de presse, qu'on m'autorise à poser une question. Ma voix porte assez pour ne pas avoir besoin de micro. Ça provoque quelque chose chez les gens et avec la tête que j'ai, en étant maghrébine, quoi qu'il arrive je détonne, avec mes ongles longs et mes cheveux type afro.

La journaliste explique avoir « joué de cette différenciation. De toute façon je ne vous ressemble pas. Je ne vous ressemblerai jamais et j'assume ». Elle qui a démarré sa carrière sur le tas, sans être passée par une école de journalisme, continue ainsi de déjouer les codes.

Renverser le rôle de la potiche

Alors qu'être prise au sérieux est un impératif en reportage ou en interview, certaines journalistes font le choix de détourner les stéréotypes de genre à leur avantage. L'objectif est notamment de déstabiliser leur interlocuteur afin, par exemple, d'obtenir des informations que celui-ci n'aurait pas cru livrer au départ à une journaliste considérée comme jeune ou peu expérimentée. « Pendant très longtemps, on a cru que j'étais la stagiaire, et j'en jouais », se souvient Marine Digabel. « J'ai rarement fait une interview ou un reportage sans vérifier les comptes de l'entreprise avant. Donc les patrons me répondaient ce qu'ils voulaient et je finissais par leur dire : "Mais votre niveau d'endettement, votre résultat d'exploitation ?" Je jouais de cet effet de surprise quand ils me pipeautaient comme si j'étais une stagiaire », explique-t-elle, alors qu'elle a souvent travaillé sur des dossiers financiers très complexes. Margaux Bédé a parfois aussi retourné en sa faveur les éventuels préjugés misogynes des hommes politiques qu'elle interviewait :

> Ils ont l'impression que tu es là pour leur servir la soupe. Ils sourient, c'est sympa, et en fait ils se retrouvent désarçonnés quand tu poses la question qui fâche. Et donc ils vont peut-être lâcher plus de choses, en étant un peu surpris, parce qu'ils pensaient : « Elle est mignonne, je peux lui vendre mon truc... » Tu endors un peu plus l'animal politique, en tout cas de mon point de vue, quand tu es une femme et quand tu es jeune.

Cette tactique a été décrite dans un article consacré aux femmes journalistes de sport en Suisse[90]. La chercheuse Lucie Schoch y analyse les interactions professionnelles entre elles et leurs sources – majoritairement des hommes (sportifs, entraîneurs, etc.) – et observe que les femmes

90. Lucie Schoch, « I love to play the bimbo sometimes with athletes », *Journalism Practice*, n° 7(1), février 2013.

utilisent intentionnellement certains stéréotypes, et notamment la figure de « la femme comme faible et inoffensive ». Face à la demande des rédacteurs en chef qui les ont embauchées pour qu'elles se concentrent « sur les aspects émotionnels et humains du sport », elles se servent de cette stratégie pour « accéder plus facilement à leurs sources » et « créer des interactions favorisant l'échange d'informations qu'elles jugent sincères, authentiques et plus privées, ce qui leur permettrait d'écrire des articles plus approfondis et plus humains ». Un procédé similaire avait déjà été décrit dans une étude de 2005 portant sur les femmes journalistes israéliennes et leurs sources d'information[91]. Einat Lachover y parle d'une « *help me tactic* » (« tactique d'appel à l'aide ») : « La journaliste se permet de paraître stupide et attribue sa "faiblesse" à son manque d'expérience et à sa jeunesse. Elle semble ainsi se dénigrer et renforcer le pouvoir de la source masculine », explique-t-elle.

La chercheuse met en avant une autre stratégie, fondée sur la séduction, qui rappelle l'exemple célèbre du recrutement par le magazine *L'Express*, dans les années 1960, d'une équipe de jeunes femmes au service politique, alors que cette spécialité était encore très largement masculine. Jean-Jacques Servan-Schreiber et Françoise Giroud estiment à l'époque que ces journalistes seront plus à même que leurs collègues hommes de récolter des informations sensibles, quitte à jouer la carte de l'ambiguïté[92]. Alors que certaines contrôlent leur apparence, mais aussi le cadre

91. Einat Lachover, « The gendered and sexualised relationship between Israeli women journalists and their male news sources », *Journalism*, n° 6(3), août 2005.
92. Alexis Lévrier, *Le Contact et la Distance. Le journalisme politique au risque de la connivence*, Les petits matins, 2016.

de l'interview pour ne pas être entraînées hors du champ professionnel, d'autres acceptent un glissement : rire à une blague déplacée, accepter un regard trop appuyé sur un décolleté, minimiser des propos ou des comportements sexistes, etc. Camille, qui a travaillé longtemps en politique, estime que cela fait encore partie du jeu :

> C'est vrai que, parfois, j'ai un peu l'impression, avec des vieux sénateurs ou des députés – en repensant à l'époque de Françoise Giroud notamment –, d'être vraiment dans ce rôle, d'être dans la séduction pour obtenir des infos. Maintenant, je crois que j'ai accepté cette règle. J'ai accepté qu'au niveau professionnel ça se passe comme ça, que c'est une technique pour se protéger.

Cette « *tactic of flirting* » (« tactique de séduction ») a également été répertoriée dans l'étude consacrée aux journalistes israéliennes. « Généralement, cette tension est implicite et souvent initiée par la source. Les femmes considèrent que leur rôle dans ce jeu est de la préserver et de l'entretenir », explique Einat Lachover[93].

Au lieu de rester enfermées dans des cases, les femmes que nous avons interrogées vont donc parfois tirer profit de ces stéréotypes de genre et les renverser : être une femme devient un atout, sur certains terrains d'enquête ou de reportage. « Ce qui était un désavantage en France, c'est-à-dire être une femme jeune perçue comme quelqu'un qui n'est pas compétent, en stage permanent, me faisait accéder à un statut en Égypte », se souvient Ariane Lavrilleux, qui a travaillé plusieurs années comme pigiste dans le pays. « J'avais accès à tout un tas d'espaces

93. Einat Lachover, « The gendered and sexualised relationship between Israeli women journalists and their male news sources », *op. cit.*

que les hommes journalistes n'ont pas, en particulier les espaces des femmes, les foyers, l'entrée dans les villages. » Cela lui permet à l'époque d'obtenir des informations très précieuses. Se décrivant comme petite et paraissant plus jeune que son âge, elle explique que cette vulnérabilité supposée lui a ouvert des portes : « On ne pouvait pas penser que j'allais faire quelque chose de dangereux ! J'arrivais davantage à me faufiler qu'un grand gaillard blanc. » Même point de vue pour Clémence Dibout, habituée des reportages à l'étranger et notamment dans des zones de guerre, qui estime qu'être une femme « casse un peu la barrière » :

> Vous avez la particularité d'être une femme qui arrive sur un terrain de guerre où il n'y a que des hommes et donc, bien sûr, il faut en jouer. Ce statut à part permet peut-être de faire baisser la garde aux soldats qui se disent que l'on va être moins dans la confrontation. Vous arrivez à avoir peut-être accès à plus de personnes ou d'endroits, dans le sens où, effectivement, vous êtes vue comme moins dangereuse qu'un homme et donc plus fiable.

Se spécialiser

Au cours de nos entretiens, d'autres journalistes ont mis en avant une pratique professionnelle et des valeurs qui seraient plus spécifiques aux femmes et influeraient sur leur traitement de l'information. « J'adore, dans les interviews, aller chercher le côté psychologique [...], mais c'est plutôt par rapport à une qualité d'écoute. Être femme, je ne pense pas que ça joue. Peut-être qu'on est plus sensibles », s'interroge Mathilde, qui réalise des documentaires pour la télévision. Plusieurs études se sont penchées sur l'impact de la hausse du nombre de femmes dans les rangs des journalistes et sur ses conséquences dans un métier longtemps dominé par les hommes, avec des résultats contrastés. Les chercheuses Béatrice Damian-Gaillard, Cégolène Frisque et Eugénie Saitta[94] rejettent la thèse d'une «féminisation des pratiques et contenus journalistiques», qui reproduirait, selon elles, des définitions stéréotypées de rôles genrés. Elles estiment que les journalistes ne disposent pas de suffisamment d'autonomie dans leur travail quotidien et dans les rédactions «pour produire une façon individuelle de faire du journalisme» et écartent l'idée que le genre serait «leur principale forme d'identification – avant d'autres, comme le professionnalisme, l'ethnicité… ».

Au Québec, la chercheuse Armande Saint-Jean[95] rappelle de son côté qu'à la fin des années 1990 l'influence des femmes s'est manifestée par des modifications dans les contenus traités (ouverture sur la sphère privée et la famille, intérêt pour la santé, l'éducation, la psychologie des rapports humains, la qualité de vie, etc.) – au risque, parfois, de les cantonner à nouveau dans des stéréotypes genrés. Chez les femmes journalistes qu'elle a interrogées, les trois quarts estiment jouer «un rôle particulier et indispensable dans la profession», en apportant «un équilibre ou un enrichissement en raison de leur sensibilité particulière». Un ressenti partagé par Margaux Bédé, à propos de son expérience de reporter radio :

> Je pense que j'ai eu accès, que ce soit avec des hommes ou avec des femmes, à beaucoup plus de vulnérabilité et donc d'authenticité dans

94. Béatrice Damian-Gaillard, Cégolène Frisque et Eugénie Saitta, «Le journalisme au prisme du genre : une problématique féconde», *op. cit.*
95. Armande Saint-Jean, «L'apport des femmes au renouvellement des pratiques professionnelles : le cas des journalistes», *Recherches féministes*, n° 13(2), 2000.

les témoignages parce que je suis une femme. Je me rendais compte qu'ils se confiaient beaucoup à moi parce qu'il y avait une approche, je crois, plus douce, sans doute plus «psy» aussi.

Armande Saint-Jean estime que des changements majeurs à l'œuvre dans le journalisme peuvent être rattachés à des caractéristiques associées traditionnellement aux comportements ou aux revendications des femmes dans la profession. Son travail et les témoignages que nous avons récoltés montrent effectivement que les femmes réussissent parfois à accéder à une forme d'autonomie. Parler d'une féminisation des pratiques ne signifie pas forcément s'enfermer dans des stéréotypes, mais permet au contraire d'offrir des angles nouveaux et de faire, par exemple, de la lutte contre les violences envers les femmes un cheval de bataille.

Spécialiste des questions de police et de justice, Cécile Ollivier raconte avoir demandé, lorsqu'elle a été recrutée par le magazine *Elle*, à travailler sur des thèmes liés aux femmes et au féminisme. «Quand Ava Djamshidi est venue me chercher, elle m'a dit: "On a un poste, qu'est-ce que tu en penses?" Je lui ai répondu: "Pour conquérir de nouvelles lectrices, notamment les jeunes, il faut se mettre sur les affaires #MeToo, les violences sexuelles, le féminisme, etc.". Elle m'a dit: "Bien sûr, banco" et elle a traduit ça par un virage éditorial», se souvient-elle. Avec sa collègue Alice Augustin, Cécile Ollivier va révéler dans les colonnes du magazine des affaires de violences sexuelles chez des célébrités. Ces scoops rencontrent un accueil très favorable du public: le magazine enregistre trois cents abonnements numériques dans la foulée de l'affaire Gérard Miller (le psychanalyste et animateur de télévision a été accusé de violences sexuelles). Pour aborder ce « virage éditorial », la journaliste s'est appuyée sur son expertise dans les questions de police et de justice, une carte qui lui avait déjà permis de dynamiser sa carrière. « C'est vraiment une spécialité qui m'a beaucoup aidée, qui est recherchée dans le métier. Quand vous avez cette capacité à obtenir des sources, à sortir des infos, vous vous faites connaître dans le milieu, vous avez des propositions », analyse-t-elle. La spécialisation a également permis à Aline Brachet de combler son sentiment d'un manque de légitimité, après une sortie d'école de journalisme compliquée :

> J'ai été embauchée un peu par hasard sur un poste pour couvrir l'actualité environnementale, que je ne connaissais pas du tout, mais je m'y suis mise et j'ai l'impression que c'est ce qui m'a sauvée. Si j'étais restée trop généraliste, je pense que je n'aurais pas tenu le coup. Le fait d'avoir cette spécialité m'aide à me légitimer comme journaliste. J'ai l'impression d'avoir trouvé ma voie en faisant ça, et c'est quand même très précieux.

Cette expertise comme une « arme » dans le métier a été décrite par plusieurs de celles que nous avons interrogées. Muriel Breiman, rédactrice en chef adjointe du service économie de *L'Express*, estime qu'étudier la finance à l'université, plutôt que d'intégrer une école de journalisme, lui a permis de construire un profil plus rare et donc plus recherché par les recruteurs. « Je pense que j'ai bénéficié de mon parcours spécialisé, et il vaut mieux avoir une expertise pour ensuite l'exploiter plutôt que d'être trop large et se retrouver en concurrence avec trop de monde », analyse-t-elle. De son côté, Nora Hamadi a développé ses connaissances sur les questions européennes en saisissant

« une opportunité » au moment de la crise financière de 2008. « Il y avait un besoin et ça me passionnait, avec des questions historiques, sociologiques, politiques, économiques », raconte-t-elle. « Cette expertise-là, elle te donne une place qui est unique. On n'est pas quinze sur ce créneau. » En choisissant de travailler sur des sujets diplomatiques ou macroéconomiques, elle pense aussi s'être imposée dans des domaines « traités très souvent par des hommes ».

Développer des connaissances dans un domaine bien précis (finance, environnement, police-justice, etc.) permettrait de sortir du lot, à l'heure où les places sont chères dans le métier. Cette stratégie aiderait à se constituer un réseau de sources, très précieux pour enquêter, mais aussi à travailler sur des thématiques jusqu'ici souvent réservées aux hommes. Car, si les femmes ont réussi progressivement à investir des rubriques prestigieuses, comme la politique en France[96], d'autres domaines ont du mal à leur ouvrir leurs portes. Le dernier rapport du *Global Media Monitoring Project* (GMMP)[97], publié en 2021, a montré des inégalités persistantes dans la couverture et la présentation des informations à l'échelle mondiale. Les plus forts écarts sont observés pour les sujets liés à la thématique « politique et gouvernement », traités à 65 % par des journalistes hommes et 35 % par des femmes, et à celle des « crimes et violence » (67 % pour les hommes contre 33 % pour leurs

96. Béatrice Damian-Gaillard et Eugénie Saitta, « La féminisation du journalisme politique : reproduction et subversion des rapports de genre », *Recherches féministes*, n° 33(1), août 2020.

97. Le *Global Media Monitoring Project* (GMMP) est une étude longitudinale sur l'égalité entre les femmes et les hommes dans les médias, conduite tous les cinq ans. Les différents rapports rendent compte de la présence des femmes dans les médias et des biais de genre et stéréotypes dans les contenus diffusés, et proposent également des analyses nationales.

consœurs). Pour la France, l'observation des informations lors de la journée du 29 septembre 2020 a montré que, si les femmes étaient plus nombreuses à réaliser des reportages ou des chroniques traitant des questions de genre (59 %), elles étaient encore minoritaires sur des sujets tels que la politique (37 %), la criminalité (37 %) ou l'économie (41 %).

S'entraider

Le travail et l'expertise ne sont pas toujours suffisants pour briser le plafond de verre. « À chaque fois que je rencontrais un obstacle, je travaillais encore plus en me disant : "C'est moi, je n'ai pas fait ce qu'il fallait". Et je compensais en travaillant toujours, toujours, toujours », explique Elsa Freyssenet, journaliste aux *Échos*. Mais ces efforts ne lui permettent pas de décrocher une augmentation de salaire ou une promotion. Elle raconte avoir eu le déclic au moment de son retour de congé parental, réalisant non seulement que sa carrière « stagne », mais aussi qu'on lui propose une rubrique réservée, en temps normal, à un profil junior. Pourtant, « je travaille comme une brute, je ramène des bonnes infos », se souvient-elle. Avant de comprendre qu'il sera difficile de faire bouger les choses sur le plan individuel.

Des actions pour l'égalité professionnelle

La bascule s'opère au printemps 2013 quand, avec deux autres élues du personnel, elle devient coordinatrice de la « grève des signatures », visant à dénoncer les inégalités salariales au sein de la rédaction des *Échos* et l'absence de femmes aux postes de direction. À l'époque, les douze rédacteurs en chef du quotidien sont tous des hommes. Les élues du personnel distribuent un questionnaire pour en savoir plus sur les déroulements de carrière et réalisent, en le dépouillant, «qu'il y a vraiment un sujet», avec notamment de fortes inégalités entre les journalistes en fonction de leur genre. Elles réunissent les femmes journalistes et l'une d'elles lance alors l'idée de ne pas signer leurs articles dans l'édition à paraître le jour suivant, le 7 juin 2013. Le mouvement est annoncé aux autres médias, via un communiqué de presse. «Chaque jour, aux *Échos*, nous sommes aussi nombreuses que les hommes à faire ce journal. Mais il n'y a de femme ni à la rédaction en chef ni à la direction de la rédaction du quotidien», peut-on y lire. La mobilisation est forte: au total, soixante-quinze femmes sur les quatre-vingt-dix que compte alors la rédaction vont participer à cette grève, se souvient Elsa Freyssenet:

> J'étais fière, parce que les cheffes de service ont signé, les correspondantes ont signé, même celles qui étaient sur une pente vraiment ascendante, qui n'avaient pas eu de vrais problèmes dans leur carrière, considéraient qu'il y avait un dysfonctionnement. Et c'est nous qui disions à celles qui étaient en CDD: «Merci de ta solidarité mais on ne va pas mettre ton nom parce que le but est que tu sois embauchée [en CDI].»

Cette grève va se solder par des avancées concrètes: deux rédactrices en chef sont nommées et, après un an de négociation, un accord comprenant soixante-dix mesures est signé, avec au menu, notamment, davantage de transparence et de collégialité dans les procédures de nomination. Pour Elsa Freyssenet, cette réussite collective est également un révélateur sur le plan personnel:

> Quand je réalise que nous sommes soixante-quinze à signer, ça me libère. Je me dis : ce n'était pas moi le problème, ce n'était pas parce qu'après une première grossesse tragique j'ai fait la gueule pendant un an tout en bossant intensément ! Ce n'était pas parce que, six ans plus tard, je me suis absentée un an pour accueillir mon deuxième fils. Ce n'était pas parce qu'il m'arrivait d'être grande gueule, puisque tous les profils de femmes de la rédaction, les extraverties et les timides, les débutantes et les journalistes confirmées, dans tous les services, se sentaient concernées.

Dans la sphère publique, Elsa Freyssenet estime que cette action a été forte, « mais seulement pour un petit milieu, la plupart des lecteurs se souciant peu des signatures en bas des articles. En revanche, beaucoup de consœurs l'ont vue et des femmes dirigeantes ont partagé notre communiqué sur les réseaux sociaux ». Aux *Échos*, certains journalistes hommes sont venus la féliciter pour ces avancées. Depuis, d'autres négociations ont été menées, avec des objectifs « chiffrés datés », c'est-à-dire des quotas, qui ont abouti en 2019 à un accord d'entreprise prévoyant 50 % de femmes tout au long de la chaîne hiérarchique.

Plusieurs autres actions de revendication, notamment à *L'Obs*, à *Ouest-France*, à l'AFP et au *Parisien*, sont menées dans les années 2010 pour épingler les inégalités femmes-hommes au sein des rédactions, ou en communiquant dans l'espace public. En 2018, les salariées de *La Provence* dénoncent le fait que le quotidien ne compte « aucune femme à la direction, aucune femme à un poste de rédactrice en chef. Les plus gros salaires sont donc à 100 % masculins. Il n'y a pas non plus de femme directrice départementale et il y a une seule "cheffe de service" au siège », pointent-elles dans un communiqué. Les signataires, qui sont soixante sur les soixante-cinq journalistes femmes que compte le quotidien, observent que les hommes occupent les sièges de chefs des services politique, économie, justice et faits divers, tandis que les femmes sont condamnées à stagner à un «grade inférieur». Delphine Tanguy, qui travaille à *La Provence*, se mobilise à l'époque:

> Il y avait une culture du secret dans notre journal. On avait bien l'impression d'être moins payées que les hommes mais, en tout cas, il n'y avait pas d'enquête, les syndicats n'arrivaient pas à obtenir le panorama complet de l'évolution des carrières. On a fini, grâce à notre mobilisation, par l'obtenir et là, ça a été éclatant. On a vu qu'on était payées environ 25 % de moins que les hommes. Sur trente chefs, il y avait une seule femme.

Les actions des femmes permettent donc de combattre une opacité dans les salaires qui les empêche de faire appliquer leurs droits dans le cadre du travail. Ces mouvements collectifs peuvent aussi donner de l'assurance sur le plan individuel. «Il faut rester pénible! Au fil du temps, je suis devenue moins timide. Avant je disais: "Je ne fais pas ça pour l'argent, c'est un métier sacerdotal". Maintenant, tous les ans, je fais une demande d'augmentation argumentée. Je ne rate pas une lettre annuelle», explique Delphine Tanguy.

Le combat se mène aussi en dehors des rédactions, comme l'ont montré quarante femmes journalistes politiques, qui publient en 2015 une tribune pour dénoncer le comportement sexiste de certains élus à leur égard. Laure Bretton, qui travaille à *Libération*, fait partie des initiatrices du projet. Elle collecte auprès de ses consœurs des témoignages d'incidents, de gestes déplacés, de remarques sexistes et autres humiliations, qui vont nourrir le texte.

« Et vous, vous rêvez de moi la nuit ? », demande un homme politique dans un des exemples relatés. « Ce serait mieux si vous n'aviez rien en dessous », lance un autre. « On est juste avant #MeToo, et ça n'a rien à voir avec la déferlante un an et demi plus tard, mais je pense, avec le recul, que c'était une vraie cocotte-minute. On récupère environ soixante-dix anecdotes et on en fait paraître une trentaine », raconte Laure Bretton. La tribune est publiée en une de *Libération* le 4 mai 2015. Gaëtane Morin, journaliste au *Parisien Magazine*, l'a signée elle aussi, et confie qu'elle ne s'attendait pas à un tel retentissement :

> On pensait que ça ferait un peu de bruit, mais il y en a eu plus que prévu. On avait peur que les hommes politiques réagissent mal, mais ça n'a pas été le cas. Au contraire, certains ont salué l'initiative, d'autres ont demandé des explications, étaient surpris. Les concernés eux-mêmes – puisqu'on les connaît – je trouve qu'ils ont quand même fait plus attention après.

Selon elle, ces hommes politiques ont pris conscience de « ce que ça pouvait nous faire individuellement et causer comme dégâts sur leur image. J'ai trouvé que ça avait normalisé nos relations, que depuis on joue moins à ça », le texte faisant référence à l'ambiguïté héritée de la fameuse « génération Giroud ». Laure Bretton estime pour sa part que ces gestes déplacés, ces remarques sexistes, « ça arrive encore. On a de plus en plus d'alliés, mais le changement viendra de la mobilisation des femmes. Je pense que les femmes vont se conscientiser de plus en plus et s'organiser entre elles. On se passe le mot ». Parmi les signataires se trouve également Lénaïg Bredoux, qui deviendra en octobre 2020 la première « *gender editor* » (c'est-à-dire

« responsable éditoriale pour les questions de genre ») en France, à *Mediapart*, ou Hélène Bekmezian, qui dirigera aux côtés de Sylvie Kauffmann une « *task force* d'enquête sur le harcèlement sexuel[98] » au *Monde*.

Un peu plus d'un an avant cette tribune des femmes journalistes en politique, c'est également dans *Libération* que l'association Prenons la Une publie, le 8 mars 2014, un document qui correspond à son acte de naissance. Signé par près de huit cents femmes journalistes, il réclame à la fois l'égalité dans les rédactions et un traitement des femmes et du genre plus juste, avec l'objectif de rassembler le plus largement possible. Ariane Lavrilleux, qui fait partie des fondatrices, s'oppose à l'idée de parité : « Pour nous, ce n'est pas une question de 50-50 mais de justice. La formule qu'on avait trouvée, c'était : "La juste représentation des femmes". Si les femmes sont 90 % dans la médecine, il faut 90 % de femmes expertes sur les plateaux télé pour parler de médecine. » Lorsqu'elle rejoint l'association, elle est alors « toute jeune dans le métier. Je n'avais pas du tout de réseau. J'avais pas mal galéré pour obtenir des stages, et les femmes avec qui je travaillais ne se sentaient pas forcément concernées par ces questions ou avaient tellement l'habitude de cet univers-là qu'elles étaient paralysées ».

Au départ, Prenons la Une est un collectif qui compte une trentaine de personnes. En 2018, il se transforme en association, prenant au passage le relais de l'Association des femmes journalistes (AFJ), née au début des années 1980, mais en forte perte de vitesse. Les actions sont nombreuses : les membres communiquent sur une plateforme

98. Bibia Pavard, Florence Rochefort, Michelle Zancarini-Fournel, *Ne nous libérez pas, on s'en charge. Une histoire des féminismes de 1789 à nos jours*, La Découverte, 2020.

de messagerie qui leur permet d'échanger sur la déontologie dans le métier, les salaires ou encore les difficultés au travail. Prenons la Une organise également des tables rondes et des événements publics sur des sujets comme le racisme auquel font face les femmes dans les rédactions ou sur le terrain. Une cellule d'écoute, animée par des bénévoles, offre des conseils aux victimes ou témoins de sexisme, de discrimination, etc. Via le pôle de formation, ses membres interviennent dans des écoles de journalisme, des bibliothèques ou des médias pour aider les professionnels à mieux traiter les questions de genre et de discrimination, et aussi prévenir d'éventuelles violences.

Membre de Prenons la Une, Mejdaline Mhiri décide à l'automne 2020 de créer, avec Laurie Delhostal, l'association Femmes journalistes de sport (FJS). Leur but est de traiter plus spécifiquement des problématiques des femmes dans cette spécialité qui demeure un bastion masculin. À l'époque, « on écrit un texte où on dit qu'on adore notre métier, qu'on veut le faire mieux car on se rend bien compte qu'il y a plein de filles qui ont vécu des mauvaises situations, surtout avec des collègues », explique-t-elle. Cette tribune sera signée par cent cinquante consœurs et publiée dans *Le Monde* le 21 mars 2021, le jour même de la sortie du documentaire de Marie Portolano, *Je ne suis pas une salope, je suis une journaliste*, consacré au sexisme dans le sport. Ce documentaire « est archi regardé, archi commenté », se remémore Mejdaline Mhiri, alors que la vague #MeToo et #BalanceTonPorc continue de déferler. Les fondatrices de FJS croulent sous les demandes d'interviews. « Et très vite, on passe de cinq filles à cent cinquante. Aujourd'hui, on est plus de deux cent cinquante pour environ trois cents femmes qui font ce métier dans le sport ».

La peur des fondatrices d'être «blacklistées» par la profession se dissipe rapidement. «Le nombre fait la force de l'association», estime Mejdaline Mhiri, qui observe qu'elle accueille «des filles qui débutent et des femmes qui ont trente ans d'expérience». FJS ouvre un espace de discussion, propose des marraines aux plus jeunes journalistes, et organise des «webinaires pour que les femmes, partout en France, puissent discuter de sujets comme réussir à la pige, défaire le syndrome de l'imposteur, etc.». «La sororité trouvée dans cette association me nourrit énormément, autant l'expérience de mes consœurs les plus âgées que la relation avec les jeunes qui veulent commencer, et avec qui j'adore échanger», explique Mejdaline Mhiri. En 2023, FJS prend également au mot des rédacteurs en chef qui assurent à ses fondatrices qu'ils «adoreraient recruter des femmes» et leur fait signer une charte. Le document «invite les responsables des rédactions sportives, au sein de médias généralistes ou dédiés au sport, à mettre en œuvre une politique volontariste et des actions concrètes pour une meilleure représentation des femmes et des hommes». Quelques mois avant les Jeux olympiques de Paris, il rappelle que les femmes constituent seulement 15% des effectifs, selon une étude menée par la chercheuse Sandy Montañola. Au total, soixante et une rédactions vont signer cette charte. *L'Équipe* en fait partie: «La parité est un objectif pour notre groupe, qui a un devoir d'exemplarité dans le monde du sport», explique à l'époque le directeur général Laurent Prud'homme, dans les colonnes du quotidien.

Arwa Barkallah est, elle aussi, membre de Prenons la Une et fait partie des fondateurs de l'Association des journalistes antiracistes et racisé·es (Ajar), qui lutte contre le racisme dans la profession et les productions médiatiques.

L'Ajar a été lancée au printemps 2023 via une tribune dans *Libération*. « Inspiré·es par les initiatives de l'Association des journalistes LGBTI (AJL) et de Prenons la Une (PLU) », ses membres estimaient « urgent et évident » de reproduire ces modèles « pour combattre le racisme journalistique », pouvait-on lire dans son texte de présentation. « Il y a de grandes rédactions qui se prennent en photo et on voit que, sur l'image, il n'y a pas de personnes racisées ou très peu, voire une seule. C'est très problématique parce que cette uniformité a forcément un impact sur le traitement médiatique des questions raciales, des violences sexuelles, etc. », estime Arwa Barkallah. L'Ajar propose des kits de formation aux médias pour mieux traiter ces sujets et se rend dans les lycées et les écoles de journalisme pour organiser des formations. Elle offre un service d'écoute aux professionnels victimes de discriminations, aide ses membres à rédiger un CV ou une lettre de motivation et les soumet à de « faux » entretiens d'embauche pour qu'ils s'entraînent. L'Ajar compte environ deux cents membres. « Ce que ça m'apporte, c'est déjà de ne pas être seule, de ne pas me sentir seule », explique Arwa Barkallah.

Les groupes de journalistes sont nombreux : Ségolène Barbé, qui a choisi de travailler en free-lance, participe régulièrement aux « 48 heures de la pige », un événement lancé en 2011 par l'association Profession : pigiste. « Chaque année, pour une somme modique, on se retrouve dans une ville de France avec des intervenants. On rencontre plein de pigistes », raconte-t-elle. L'association « aide énormément pour la déclaration d'impôts, qui est souvent un casse-tête pour les pigistes, nous conseille pour les congés maternité et nous renseigne lorsqu'il y a une évolution de la législation », ajoute Ségolène Barbé.

Difficile de dresser ici la liste de tous les collectifs, groupes et autres mobilisations destinés à obtenir des conditions de travail égalitaires, à dénoncer les violences sexistes et sexuelles et à s'entraider. Mais il est notable que de nombreuses actions ont été lancées à la fin des années 2000 puis dans les années 2010, période où émergent en France « de nouveaux féminismes », avec des groupes « qui utilisent le numérique afin de se faire connaître et de faire circuler leurs revendications », comme l'expliquent les historiennes Bibia Pavard, Florence Rochefort et Michelle Zancarini-Fournel[99]. Cette séquence est marquée notamment par la candidature de Ségolène Royal à la présidentielle en 2007, l'affaire Strauss-Kahn en 2011, les mobilisations autour du mariage pour tous en 2012 et, à l'automne 2017, le mouvement #MeToo, symbole de la libération de la parole des femmes et de la lutte contre les violences de genre. Certains médias évoqueront d'ailleurs un #MeToo du journalisme[100] à propos du scandale de la « Ligue du LOL », du nom de ce groupe privé sur Facebook dont les membres ont été accusés de cyberharcèlement visant essentiellement des femmes.

Dans leur livre sur l'histoire des féminismes, Bibia Pavard, Florence Rochefort et Michelle Zancarini-Fournel[101] citent aussi le cas de la journaliste Nadia Daam, menacée de viol et de meurtre sur elle et sa fille après une chronique sur Europe 1 en novembre 2017, consacrée aux discours haineux envers des féministes sur le site jeuxvidéos.com. « Ces affaires révèlent les contre-mouvements qui se renforcent

99. *Ibid.*
100. Léa Guedj et Stéphane Jourdain, « "Ligue du LOL" : la presse anglophone parle du "MeToo des médias de gauche" », France Inter, 14 février 2019.
101. Bibia Pavard, Florence Rochefort, Michelle Zancarini-Fournel, *Ne nous libérez pas, on s'en charge, op. cit.*

ou émergent d'une médiatisation accrue des féminismes », écrivent les historiennes. Ce retour de bâton a été observé par Nora Hamadi, comme indiqué précédemment, mais aussi par Laure Bretton, après la publication du texte des femmes journalistes politiques dans *Libération* :

> Il y a eu un *backlash* d'enfer, avec des hommes politiques qui jouaient aux imbéciles et qui disaient par exemple, quand on montait les escaliers : « Laissez-moi passer devant parce que sinon je vais me retrouver dans une tribune » ou « Je ne vous tiens pas la porte, sinon je vais finir dans une tribune ».

Pour continuer ce combat contre les violences sexistes et sexuelles, l'association MeTooMedia est créée en 2021. « Les médias, quatrième pouvoir, exercent une influence certaine sur l'opinion publique. À ce titre, leur responsabilité dans la diffusion de stéréotypes genrés ou de croyances peut participer à établir une culture du viol ou, au contraire, à la lever », peut-on lire dans sa présentation en ligne. MeTooMedia accueille d'ailleurs des personnes morales parmi ses membres, comme le Syndicat national des journalistes, ou FJS. L'association Pour les femmes dans les médias (PFDM) poursuit de son côté sa lutte pour « briser le plafond de verre » et lutter contre les discriminations qui freinent les femmes. Créée en 2013, elle regroupe des dirigeantes et des journalistes, et a élaboré deux chartes : l'une de bonne conduite contre le harcèlement et les agissements sexistes dans les entreprises de médias, signée en mars 2019, l'autre sur la parité, en 2022, avec une boîte à outils destinée aux entreprises.

Se serrer les coudes

L'entraide peut également s'opérer au niveau individuel. « Une fois que j'ai été embauchée dans une équipe de femmes, je pense que ça m'a quand même beaucoup aidée », explique par exemple Aline Brachet, décrivant une ambiance protectrice et bienveillante dans son agence de presse. Même sentiment pour Cécile Ollivier, quand elle a rejoint le magazine *Elle* :

> Travailler dans un milieu plus féminin, c'est beaucoup plus doux. C'est marrant parce que, quand je suis partie, il y a beaucoup de gens qui m'ont dit : « J'espère que ça ne va pas être trop dur. » Il y a cette image que ça va être *Le Diable s'habille en Prada*. Moi je trouve que c'est tellement mieux !

De son côté, Laetitia Limmois, journaliste vidéo au *Monde*, observe « beaucoup de sororité » dans sa rédaction, permettant notamment aux femmes d'être écoutées lorsqu'elles proposent des sujets. À propos de ses travaux, livres ou films, Anne-Sophie Novel estime avoir « eu beaucoup de soutien, mais plus souvent de la part de femmes que d'hommes. Quand les hommes étaient à la direction d'un média ou animateurs, ils ont moins souvent relayé mon travail », dit-elle, tout en ajoutant ne pas vouloir « en faire une généralité ». Plusieurs journalistes nous ont confié qu'avoir été dirigées par des femmes avait été bénéfique, loin des homosociabilités masculines parfois observées dans les rédactions, quand les hommes occupent tous les postes de pouvoir et que les « *boys' clubs* » prospèrent. Certaines ayant elles-mêmes été cheffes racontent avoir toujours fait en sorte de défendre leurs équipes, au risque de se retrouver dans une situation difficile avec leurs propres patrons, pour la plupart des hommes. Les témoignages recueillis révèlent néanmoins que, pour d'autres, les femmes n'ont pas toujours été des alliées. Margaux Bédé estime avoir trouvé très peu de soutien chez ses consœurs, notamment celles qui avaient des postes plus élevés :

> J'ai eu la chance d'avoir des mentors et il se trouve qu'à chaque fois – hasard ou pas, je n'en sais rien – ce sont des hommes qui m'ont poussée. J'ai plutôt eu affaire à des femmes qui disaient : « Attends, moi à ta place j'ai galéré, donc il faut que tu en passes par là aussi. » [Le soutien] des hommes, c'était complètement paternaliste, mais ça m'a aidée.

Quelques travaux de recherche se sont intéressés aux interactions entre les femmes dans les hiérarchies, notamment une étude de 2010 menée à la télévision publique suédoise[102]. Les femmes ont commencé à y décrocher des postes élevés au tournant des années 2000, suscitant de nombreux espoirs chez leurs consœurs en matière de représentation et de traitement éditorial de l'information. Mais, alors qu'elles transgressent l'ordre symbolique en occupant des postes traditionnellement réservés aux hommes, elles préfèrent rester discrètes, selon un principe d'homosociabilité qui les pousse à adopter les codes des dirigeants hommes, notamment pour ne pas susciter de critiques de la part de ces derniers. Dans cette étude, Monica Löfgren Nilsson montre que des rédactrices en chef, qui se sentent surveillées par leurs collègues, ne font pas de faveur aux autres femmes et vont même parfois jusqu'à choisir de les

---

102. Monica Löfgren Nilsson, « "Thinkings" and "doings" of gender. Gendering processes in Swedish television news production », *Journalism Practice*, n° 4(1), janvier 2010.

ignorer, pour ne pas être suspectées de faire du favoritisme. Certaines considèrent même les problèmes des femmes « comme les leurs, causés par leur propre comportement ». Selon ces rédactrices en chef, « les femmes journalistes passives, peu fiables et peu sûres d'elles » devraient « changer de comportement et apprendre à devenir comme les garçons ». Ces situations ont été décrites par huit des femmes que nous avons interrogées, le plus souvent en début de carrière, lors de stages ou de contrats de travail précaires, comme pour Camille :

J'ai travaillé dans des médias dirigés par des femmes, et ce sont des endroits où on ne m'a pas gardée et où elles n'ont vraiment pas été cools avec moi. Ç'a été de vraies déceptions, parce que souvent c'étaient des femmes que j'admirais. J'admirais leur parcours et j'avais envie d'une forme de transmission, de relation. Mais ces femmes-là, ce qui les intéresse, ce sont les mecs, avoir une espèce de cour de petits mecs qui sont dans un rapport de séduction.

Ces ressentis contrastent avec d'autres témoignages de journalistes qui, au contraire, tentent d'aider les femmes, notamment les nouvelles générations. Dorothée Olliéric raconte veiller scrupuleusement à répondre aux jeunes qui la contactent :

Le côté terrain de guerre intéresse beaucoup d'étudiantes qui m'écrivent : « J'adore ce que vous faites. J'adorerais faire ça. » Il y en a une qui est incroyable, pour qui j'avais obtenu un stage de troisième à France 2 et qui a une vraie vocation, une vraie envie. Elle a fait une école de journalisme et depuis elle me tient au courant. Et je lui dis : « Mais dépêche-toi, que je te retrouve sur le terrain tant que j'y suis ! »

D'autres choisissent de mettre en avant les femmes dans leur travail, à l'image de Ségolène Barbé, qui dit vouloir valoriser leur parole dans les articles qu'elle propose aux journaux : « Des tonnes d'études disent que dans les médias en général, que ce soit télé, radio ou presse écrite, il y a beaucoup plus d'hommes que de femmes qui interviennent en tant qu'experts. Alors je m'efforce de faire intervenir beaucoup de femmes », explique-t-elle. Elle écrit notamment « sur l'alcoolisme au féminin, l'argent dans le couple, le syndrome du nid vide, les femmes qui ne veulent pas avoir d'enfant [...], les femmes dans les secteurs scientifiques », pour aider « les femmes à se délivrer un peu des stéréotypes » et à « être mieux dans leur vie ». Cette visibilisation volontaire est également utilisée par Laetitia Limmois, dans ce qu'elle décrit comme une manière de lutter contre le racisme :

> Comme je viens de Martinique, je mets vraiment un point d'honneur à ce que les outre-mer existent dans le journalisme, dans l'actualité. Je suis très fière de dire que je suis martiniquaise et que je travaille au *Monde*, parce que j'ai envie que ce soit aussi une façon pour les Martiniquais qui ont envie d'être journalistes de se dire : « Si Laetitia l'a fait, on peut aussi y arriver. »

Des rédactions bienveillantes

Alors que les difficultés sont nombreuses pour les femmes dans la profession, certaines ont confié se sentir respectées et soutenues dans leur rédaction, et profiter de bonnes conditions de travail. À propos du magazine *Elle*, Cécile Ollivier décrit un environnement protecteur :

> Il y a trois jours de télétravail par semaine. Je n'avais jamais connu ça dans ma carrière. C'est juste incroyable : vous pouvez vous organiser

comme vous voulez. Si vous voulez commencer à écrire votre article à 6 heures du matin et vous arrêter à 14 heures pour faire autre chose, c'est possible, tant que vous rendez vos papiers. Il y a une telle liberté ! Je pense que c'est surtout lié à l'organisation du travail mais, par exemple, ma rédactrice en chef, qui a un enfant en bas âge, peut dire : « Il est malade, je rentre », sans que personne ne vienne dire quelque chose derrière son dos.

Justine Gourichon raconte également s'être sentie bien dans son média, tout en ayant le sentiment d'avoir profité de conditions rares :

J'ai été bien traitée par mes patrons, qui étaient des hommes, et par une directrice de production. Ils trouvaient normal qu'on ait un peu plus de temps pour s'occuper de nos enfants. J'ai eu cette chance-là ; je pense que ce n'est pas toujours le cas. Et puis j'étais plus payée que l'homme qui faisait le même métier que moi. Je n'ai pas le sentiment d'avoir pâti du fait d'être une femme. En revanche, j'ai le sentiment d'avoir travaillé dans un endroit particulier, j'ai le sentiment d'avoir eu de la chance.

Laetitia Limmois réalise des vidéos pour les réseaux sociaux du *Monde* et se retrouve régulièrement la cible de critiques, voire d'attaques et d'insultes contre son travail ou sa personne. Confrontée à ces scénarios, elle dit pouvoir compter sur le management du journal :

Au *Monde*, on est très entourés. Il y a une cellule psychologique qui est là pour ça, au cas où. [Quand je reçois de tels messages], je vais voir mes chefs tout de suite et eux, leur travail et leur mission aussi, c'est d'aller voir dans les commentaires tout ce qui est hors du cadre de la loi, comme l'appel à la haine, et ces commentaires sont supprimés.

Les médias soutiennent aussi parfois les parents en ouvrant notamment des crèches pour la garde des enfants. Une ancienne journaliste de *Libération* nous a raconté à quel point cela lui avait apporté du confort dans son travail au quotidien. Ces expériences positives soulèvent une fois de plus le besoin d'évoluer dans des environnements sains et protecteurs, y compris pour bien faire son travail, ce qu'a observé Camille, qui a subi du harcèlement moral avant d'intégrer (toujours sous un statut précaire) une nouvelle équipe :

> Là où j'ai de bons chefs, désormais, c'est dans la façon qu'ils ont de protéger leurs équipes et de se protéger eux-mêmes, c'est-à-dire déjà de prendre soin d'eux-mêmes pour ne pas péter un plomb. Sinon, très vite, les managers deviennent toxiques parce qu'ils sont placés dans des positions intenables. En fait, les bons ont quand même généralement tendance à craquer ou à partir. Dans la durée, tous les managers qui restent sont là parce que ce sont des gens qui arrivent à s'en sortir en harcelant les autres.

Cette question de la qualité du management a été étudiée en Allemagne[103], alors que les femmes journalistes de ce pays se sont mobilisées en 2012 pour demander aux médias de mettre en place des quotas volontaires afin de briser le plafond de verre. Leur demande aux rédacteurs en chef : permettre à 30 % d'entre elles d'accéder à des postes à responsabilité à l'horizon 2017. L'association ProQuote Medien (« Pour des quotas dans les médias »), créée dans la foulée de cette action, tient les comptes, avec des résultats mitigés. Au-delà des chiffres, les chercheuses

103. Karin Assmann et Stine Eckert, « Are women journalists in leadership changing work conditions and newsroom culture ? », *Journalism*, n° 25(3), mars 2023.

Karin Assmann et Stine Eckert – dont nous avons évoqué précédemment le travail – ont cherché à savoir si cette augmentation du nombre de femmes à des postes de direction avait entraîné des effets bénéfiques sur « la culture d'entreprise et les conditions de travail pour tous les journalistes, hommes et femmes ». La réponse est oui : dans toutes les rédactions qui ont approché ou ont dépassé le quota de 30 %, cette présence des femmes à des postes élevés dans la hiérarchie a permis de renforcer le soutien des entreprises en matière de congés parentaux ou de garde d'enfants. Elle a aussi offert davantage de transparence dans les opportunités d'évolution (mentorat, coaching, changement de poste). En attendant que les médias suivent cette piste, celles que nous avons interrogées construisent leur carrière et lancent de nouveaux projets, à l'échelle individuelle ou en passant le relais aux plus jeunes, pour maintenir leur *illusio*.

Se renouveler

La carrière dans le métier est de plus en plus courte : quinze ans en moyenne, rappellent Jean-Marie Charon et Adénora Pigeolat dans leur livre *Hier, journalistes*[104], s'appuyant sur les chiffres de Christine Leteinturier du Carism, le laboratoire de l'Institut français de presse. Fatigue, salaires trop bas, difficulté à progresser dans la hiérarchie : la liste des arguments est longue pour celles et ceux interrogés par les deux auteurs, qui notent que le sexisme et la difficulté à concilier travail et vie familiale pèsent aussi beaucoup dans le désenchantement des femmes. Jean-Marie Charon a consacré un autre ouvrage aux journalistes qui quittent

104. Jean-Marie Charon et Adénora Pigeolat, *Hier, journalistes, op. cit.*

la profession[105], en s'intéressant plus particulièrement aux jeunes – certains abandonnent seulement quelques mois après avoir décroché leur diplôme.

Changer de poste, changer de rédaction

Comment se réconcilier avec le journalisme et ne pas lâcher ? Comme nous l'avons vu, certaines femmes se mettent à leur compte, pour échapper à l'atmosphère toxique d'une rédaction ou pour traiter de sujets davantage en phase avec leurs envies. Si ce statut d'indépendante regorge de contraintes – insécurité financière, difficultés dans l'organisation du temps de travail –, il peut aussi réparer une perte de sens et permettre de continuer à construire son identité de journaliste. Une étude publiée en 2011 aux États-Unis auprès de pigistes[106], que nous avons déjà mentionnée, a d'ailleurs montré que les femmes (94,4 %) étaient plus nombreuses que les hommes (76,7 %) à exprimer une affinité pour ce style de vie et la liberté de travail qu'il offre.

Changer de poste est une autre des pistes explorées par les femmes que nous avons interrogées, à la recherche notamment d'une organisation bienveillante, à l'image de Camille. Cette jeune journaliste a fait le choix à deux reprises de quitter un poste car elle ne se sentait pas bien dans ces rédactions : « On n'avait soi-disant pas le droit de faire ce genre de choses dans un grand média. La deuxième fois [que j'ai pris cette décision], ça a été très dur, mais ça a été la dernière fois. Maintenant, je n'aurai plus aucun problème à faire ce choix. » La difficulté à évoluer

105. Jean-Marie Charon, *Jeunes journalistes. L'heure du doute*, Entremises Éditions, 2023.
106. Brian L. Massey et Cindy J. Elmore, « Happier working for themselves ? Job satisfaction and women freelance journalists », art. cit.

en interne est la raison qui a poussé Lucile Guillotin à quitter la radio pour tenter sa chance à la télévision. Une décision qui lui a permis de donner un nouvel élan à sa carrière :

> J'avais candidaté sur certains postes dans mon entreprise et, à chaque fois, ce n'est pas moi qui étais choisie. Donc je me suis dit : « Vas-y, prends ta vie en main, bouge. » J'envoie mon CV [à France 3] mais jamais je n'aurais pensé être prise. Je m'en faisais une montagne, je flippais, je n'étais vraiment pas bien le premier mois.

Même sentiment pour Cécile Ollivier, qui a laissé derrière elle les plateaux télé pour la presse magazine : « Je me suis beaucoup détendue, parce que je me dis que, même si ça se finit maintenant, je sais que je retrouverai ailleurs. En ayant changé de rédaction, j'ai pris confiance en moi et ça, d'autres consœurs l'ont aussi vécu », assure-t-elle. Passer de la télévision à l'écrit a été l'occasion de creuser des sujets liés aux violences sexistes et sexuelles, notamment :

> Ce sont des sujets qui me tiennent à cœur. Parfois, avant, je ne voyais plus de sens à ce que je faisais. Là, j'en retrouve. Je me concentre sur le procès Mazan, sur de belles affaires judiciaires. J'écris aussi des articles sur des empoisonneuses, des *profilers*, mais toujours avec un angle féminin.

Cette envie de travailler sur des thèmes de prédilection, d'enquêter, d'aller sur le terrain est avancée à plusieurs reprises dans les stratégies de renouvellement, comme un écho aux tout premiers idéaux du métier. « Maintenant, je fais assez souvent des enquêtes, c'est un genre qui m'intéressait mais qui me faisait peur. Je me disais : "Je n'ai pas les épaules". Et puis, petit à petit, j'ai commencé à en faire à un niveau plus correct. J'espère encore m'améliorer », confie Delphine Tanguy.

Continuer de fissurer le plafond de verre est également un objectif évoqué, la nomination de femmes à des postes de directrices de la rédaction, de rédactrices en chef ou de cheffes de service étant cruciale pour créer des modèles. « Pourquoi pas, peut-être plus tard, avoir un poste à haute responsabilité ? Ce serait bien parce que ça reste quand même encore rare », envisage Laetitia Limmois, interrogée sur la suite de sa carrière. « Il y a des femmes rédactrices en chef, des femmes qui sont à de hauts postes », souligne-t-elle, ajoutant cependant qu'« il y a encore des efforts à faire concernant les personnes de couleur » dans certains domaines. « Ce que j'aimerais bien, c'est manager une équipe », répond de son côté Arwa Barkallah.

Il est à noter aussi que, quand l'*illusio* est moins puissant, par exemple chez celles qui sont entrées sur le tard ou pour qui le journalisme n'était pas un métier rêvé, la confrontation avec la réalité est logiquement beaucoup moins brutale. C'est ce qu'explique en substance Muriel Breiman, rédactrice en chef adjointe du service économie de *L'Express* :

> Je n'avais aucune attente, parce que je démarrais dans un secteur que je ne connaissais pas du tout et où je n'avais absolument aucun contact. Je n'avais pas de référence particulière. J'ai toujours pris les choses comme elles venaient et j'ai progressé dans la hiérarchie d'abord en en faisant la demande, mais sans que ce soit vraiment un sujet auquel j'étais très attachée. Je me disais juste qu'à un moment il fallait progresser.

Parfois, cette perspective d'encadrer des équipes est repoussée par les journalistes, qui estiment (et c'est le cas aussi pour beaucoup d'hommes) que grimper dans la hiérarchie signifie changer de métier, le temps dévolu à l'encadrement des équipes ou aux multiples réunions offrant moins de possibilités d'écrire, de partir en reportage et d'avoir accès à des sources. Dans leur enquête menée en Belgique, Florence Le Cam, Manon Libert et Lise Ménalque[107] détricotent néanmoins une idée reçue, en montrant que les femmes qui n'exercent pas de fonctions hiérarchiques n'en sont pas moins demandeuses que leurs confrères : 32 % d'entre elles énoncent qu'elles voudraient « diriger une équipe ou des personnes », soit quasiment autant que les hommes (35 %), mais, *in fine*, « ce sont les hommes qui acquièrent ces positions ».

Envie de nouveaux projets

Le journalisme évolue, offrant la possibilité de diffuser son travail en dehors des grandes rédactions, notamment via les réseaux sociaux. « C'est un métier en prise avec la modernité, donc c'est passionnant. On peut réaliser des podcasts, créer des vidéos. Il y a plein de nouveaux médias qui émergent pour les jeunes », observe Ségolène Barbé. Elle envisage, en parallèle de ses piges, de lancer une newsletter, afin de tisser un lien plus direct avec les lecteurs et d'évoquer des livres ou des réflexions qui ne sont pas abordés dans ses articles. Dans leur ouvrage consacré aux difficultés des journalistes dans une profession en déclin, Matthew Powers et Sandra Vera-Zambrano[108] observent comment certains

107. Florence Le Cam, Manon Libert et Lise Ménalque, *Être femme et journaliste*, *op. cit.*
108. Matthew Powers et Sandra Vera-Zambrano, *The Journalist's Predicament*, *op. cit.*

professionnels s'adaptent, à l'heure où « les fondements économiques du journalisme sont profondément mis à mal » et où « les anciens moyens de générer des revenus sont devenus instables, voire obsolètes dans certains cas ». Les deux chercheurs considèrent ces bouleversements comme une chance « de pratiquer le journalisme différemment, souvent grâce aux technologies numériques ». Comme nous l'avons vu, le développement de l'intelligence artificielle fait partie des grandes inquiétudes dans les salles de rédaction, étant largement considéré comme une menace[109]. Ces changements ont une influence sur les productions journalistiques et établissent un « nouvel équilibre entre les fonctions commerciales et sociales de la profession », expliquent Matthew Powers et Sandra Vera-Zambrano, qui estiment néanmoins que les fonctions sociales n'ont pas disparu. Les deux chercheurs préfèrent ainsi parler d'une « redéfinition », qui passe par des évolutions.

Parmi elles, le « journalisme de solutions », de plus en plus populaire en France et aux États-Unis. Alors que les médias traditionnels sont souvent accusés de se concentrer sur les événements négatifs et démoralisants – le baromètre annuel de *La Croix* parle d'angoisse ou d'impuissance des Français face aux informations –, ce journalisme apparu dans les années 1990 se propose de « redonner leur juste place aux informations enthousiastes, aux réussites, au développement de l'humanité[110] ». Le journalisme de solutions insiste, selon la chercheuse Pauline Amiel, « sur ce qui fonctionne et sur des propositions de développement durable ». Cette méthode « se base sur des valeurs et des

109. « Consultation sur l'état de bien-être des journalistes en France », EGI-Ipsos – CCIJP, *op. cit.*

110. Pauline Amiel, *Le Journalisme de solutions*, Presses universitaires de Grenoble, 2020.

pratiques exigeantes et souhaite reconnecter les journalistes avec leurs communautés». Cette définition résonne avec la stratégie d'Anne-Sophie Novel pour continuer à se renouveler: «Mon grand rêve, en ce moment, est d'arriver à créer un média là où j'habite, en banlieue bordelaise, en interrogeant la posture journalistique sur un territoire. Que peut faire un journaliste pour parler du territoire sans être dans les clichés et en essayant de créer du lien?» Depuis notre entretien, elle a annoncé le lancement de ce média «local et expérimental», baptisé *Ismée*, pour raconter la région de l'entre-deux-mers, «avec nuance, ancrage, et sens», comme elle le décrit sur ses réseaux sociaux.

Margaux Bédé a cocréé sa société de production de podcasts en mettant, elle aussi, l'accent sur l'écologie et le développement durable. «J'avais ce désir de parler de choses qui me tiennent à cœur, comme l'environnement, les femmes, les jeunes», explique-t-elle. Gérer sa propre structure lui impose évidemment beaucoup de pression et un emploi du temps chargé, mais lui permet aussi de s'épanouir:

> Il y a des moments qui sont idylliques quand tu as l'opportunité de partir à bord du *Plastic Odyssey*[111] et de passer deux mois en Polynésie française. Il y a peu de métiers où tu es payée pour faire ça. Il y a des moments incroyables. Bien sûr, ce n'est pas que ça, et on ne fait pas que ce qu'on aime. Mais, en étant à notre compte, on fait quand même un peu plus de choses qui nous plaisent.

Écrire un livre fait aussi partie des options des journalistes, afin de «prendre le temps», de «creuser des sujets»

111. Ce navire appartient à l'organisation Plastic Odyssey, qui lutte contre la pollution plastique en mer et pour la valorisation des déchets plastiques depuis les zones côtières.

et, là aussi, de se réconcilier avec une image positive du métier. Les problématiques féminines et féministes mobilisent : Mejdaline Mhiri rédigeait, au moment de notre entretien, un ouvrage sur le traitement médiatique des violences sexistes et sexuelles dans les médias de sport, car « on a vu trop de reportages sexistes sur les sportives ». De son côté, Cécile Ollivier a publié, avec sa collègue Alice Augustin, un livre consacré au psychanalyste Gérard Miller[112] – accusé par plusieurs dizaines de femmes d'agressions sexuelles et de viols – dans le prolongement de leurs révélations dans le magazine *Elle*. La passion pour l'écriture, un des fondements de l'envie d'être journaliste, est évidente pour nombre de celles que nous avons interrogées, près d'un quart ayant sorti au moins un livre ou travaillant actuellement sur un tel projet.

Elsa Freyssenet estime aussi continuer à apprendre, à travers son rôle d'élue du personnel, « qui donne accès à des tas d'informations internes qu'il faut savoir utiliser pour négocier des avancées, [...] qui oblige au compromis » et qui « apprend la dimension collective du travail et de la réflexion ». Quant à la dimension individuelle, elle a continué son « exploration professionnelle » en écrivant des livres et en intervenant à la radio et à la télévision :

> Même après trente ans de journalisme, je suis toujours à me demander ce que je peux découvrir de nouveau. C'est ça qui me fait bouger. C'est pour ça que j'adore mon poste d'enquêtrice. À chaque enquête, tu découvres de nouveaux milieux et tu peux te fonder sur ton expérience parce que tu as un carnet d'adresses dans certains domaines – mais pas dans tous. Cette lutte des femmes m'a aussi permis d'avoir

112. Alice Augustin et Cécile Ollivier, *Anatomie d'une prédation*, Robert Laffont, 2025.

confiance en moi. C'est concomitant, la lutte des femmes, le fait de publier mon premier livre, de commencer à intervenir à la télé et à la radio. J'ai toujours cherché à me renouveler.

Soutien des futures générations

Sur la trentaine de femmes interrogées, une dizaine a commencé à passer le témoin aux plus jeunes, via l'éducation aux médias, l'encadrement de stagiaires et d'alternants, ou en aidant des candidats aux écoles de journalisme. Marine Digabel fait partie de l'association La Chance : chaque année, quelque trois cents journalistes bénévoles préparent environ quatre-vingts boursiers aux concours des écoles, avec l'objectif d'imposer davantage de diversité dans les rédactions. À *L'Humanité*, Caroline Constant a choisi, pour sa part, de former des alternants :

> L'alternance, comme n'importe quel type d'enseignement, c'est un échange. Je suis sans doute beaucoup plus rigoureuse sur tous les problèmes de harcèlement, de viol, d'agressions sexuelles aujourd'hui qu'il y a dix ans, et mes alternants ont aussi ce souci-là. Les jeunes vous remettent en question parce qu'ils ont l'énergie. Ils sont avides, mais ils sont aussi anxieux. Ils sont également hyper respectueux, au taquet, avec une vraie envie de dialoguer, y compris sur leurs propres papiers.

Cette possibilité de rester en phase avec les jeunes générations est également un des éléments qui motivent Margaux Bédé quand elle travaille sur des projets pédagogiques dans les lycées : « J'essaie de transmettre des paroles qui, pour moi, sont importantes et surtout pour que les élèves ne croient pas tout ce qu'ils lisent et qui n'est pas journalistique. Aujourd'hui, on n'a plus trop de pouvoir, mais on a une sacrée responsabilité pour remettre le curseur au bon endroit. » De son côté, Nora Hamadi anime des ateliers d'éducation aux médias un peu partout en France et consacre environ un quart de son emploi du temps aux activités associatives :

> Je suis en lien avec des gamins qui ont entre 15 et 20 ans, qui sont lycéens. Donc j'ai l'impression de ne jamais vieillir. Surtout, les conversations me nourrissent, ce sur quoi ils travaillent, leurs préoccupations… On passe beaucoup de temps ensemble, six mois, huit mois, un an. Tu les vois chaque semaine, donc tu les vois grandir, tu les vois se positionner.

Ces rencontres lui permettent également de trouver des idées pour son travail : « Je discute avec des gens parce que je vais dans des coins où personne ne va, par exemple au fin fond de la Seine-et-Marne, du Cher, de la Nièvre, et les sujets viennent à moi. » De quoi découvrir des enjeux et des problématiques qu'elle traite ensuite dans ses émissions à la radio.

La tentation de l'abandon

Les journalistes abandonnent parfois le métier, nous en avons été témoins au cours de notre travail. « Il y a des jours où je me dis que, ce soir, je donne ma démission », avait confié Marine Saint-Germain Regini lors de notre entretien, avant de prendre effectivement cette décision et d'entamer des études pour devenir psychothérapeute. La fatigue et la lassitude sont parfois au programme, notamment pour Inès, qui évoque même un désamour des médias quand elle est interrogée sur la suite de sa carrière : « Il n'y a plus trop d'émissions qui me font rêver. Je trouve que c'est un milieu très dur, la télé, et je ne suis pas sûre d'avoir envie de continuer dans cet univers. »

Pour d'autres, l'idée de tout remettre en question, peut-être de trahir une vocation apparue très jeune, un métier rêvé dès l'enfance, n'est pas envisageable. Le lourd investissement pour franchir les barrières pèse également : difficulté à réussir le concours d'entrée dans une école, à décrocher un CDI ou des piges stables, un bon salaire, un réseau, un carnet d'adresses, etc. Jean-Marie Charon et Adénora Pigeolat[113] rappellent à quel point il est difficile d'abandonner une profession « qui a nécessité une longue préparation pour y entrer, et qui a exigé souvent l'essentiel du temps de vie des individus, accaparé leurs motivations, mobilisé totalement leurs ressources intellectuelles, jusqu'à n'en plus pouvoir ».

De son côté, Aline Brachet n'imagine pas changer de voie, même si c'est « peut-être un peu par défaut. Comme je suis dans une petite structure, la seule évolution professionnelle, c'est de devenir chef, mais moi, le management, ça ne me botte pas plus que ça. Ma cheffe, elle, fait ça très bien ». Cette autre journaliste expérimentée, Virginie, admet à présent « viser la retraite ». Si elle considère que son poste actuel ne l'épanouit pas pleinement, elle n'envisage plus d'évolution : « Je ne me vois pas du tout, à [mon âge], aller faire des choses qui demanderaient beaucoup d'engagement personnel, où il faudrait [encore une fois] faire ses preuves », explique-t-elle. L'idée de rester coûte que coûte n'est pas non plus au programme pour Caroline Constant. « Je ne ferai pas de rab quand arrivera l'heure de la retraite, je ne serai pas comme certains à m'accrocher à ma copie. Quand c'est fini, il faut laisser les jeunes y aller, il faut savoir laisser sa place », confie-t-elle.

113. Jean-Marie Charon et Adénora Pigeolat, *Hier, journalistes, op. cit.*

Pour de nombreuses autres, le désir de journalisme est en tension, comme le montre par exemple leur besoin de faire un point sur leur carrière. « Abandonner, j'y pense tous les trois-quatre ans. Je fais un bilan de compétences et je repars pour un tour », raconte Marine Digabel. Lucile Guillotin fait aussi partie de celles qui se sont pliées à l'exercice du bilan de compétences, en plein doute sur son avenir : « La femme qui s'occupait de mon dossier m'a dit : "J'ai une bonne et mauvaise nouvelle. On a trouvé ce qu'il vous faudrait faire mais vous le faites déjà, vous êtes parfaite pour ce poste". Je suis tombée de ma chaise », se souvient-elle.

Pour celles qui décident finalement de prendre une autre voie, la force d'attraction du métier est parfois telle qu'elles y reviennent au terme d'une pause loin des salles de rédaction. Après avoir travaillé treize ans dans une société de production, Justine Gourichon a connu un licenciement économique, ce qu'elle décrit comme « un tournant, sachant que j'avais déjà un peu envie de changer ». Elle reprend alors des études, via une formation de chef de projets culturels dans le spectacle vivant. « C'était super. Ça m'a permis d'apprendre d'autres choses, mais j'ai compris que c'était aussi un petit peu un déni. J'ai voulu tourner le dos à l'audiovisuel, qui m'avait malmenée ». Depuis, elle a repris la direction éditoriale d'une émission d'Arte, « Ground Control ». « En reprenant ce boulot en free-lance, je me suis rendu compte à quel point l'éditorial était mon truc, que c'était mon métier, que je savais le faire et bien le faire. Mais il m'a fallu m'en écarter pour me dire qu'en fait oui, c'est ça mon métier », raconte-t-elle, rappelant à quel point il fait partie de son identité.

Aude Soufi-Burridge a elle aussi abandonné temporairement le journalisme après sa «crise de foi». Et si elle évoque un retour face à la caméra plutôt par défaut, l'idée de vocation réapparaît encore en filigrane : «Si je suis revenue, ce n'est pas nécessairement par passion. Je me disais : "Qu'est-ce que je peux faire de ma vie, qu'est-ce que je sais faire ?" J'avais l'impression que je ne savais pas faire grand-chose à part ça.»

Ce sentiment de «ne pas savoir faire autre chose» a été décrit par plusieurs des femmes que nous avons interrogées, comme une nouvelle preuve qu'exercer ce métier ferait en quelque sorte partie de leur ADN. Leurs compétences sont pourtant recherchées dans des secteurs comme la communication, où savoir écrire mais aussi connaître le milieu (et donc être capable d'approcher les journalistes) peut s'avérer très précieux. L'autre reconversion la plus courante est l'enseignement, qui offre la possibilité de «retrouver du sens» et d'exercer une «mission d'utilité sociale» – comme l'écrivent Jean-Marie Charon et Adénora Pigeolat[114] – et donc un retour à certains idéaux associés à la profession. Pour celles qui n'envisagent pas d'abandonner, la nécessité de gérer les phases de découragement est donc largement évoquée, comme pour Marine Digabel :

> J'ai eu une stagiaire, il n'y a pas très longtemps, qui préparait les concours pour devenir journaliste. Quand elle est arrivée, je lui ai dit : «Tu n'as pas vraiment de chance, tu arrives dans une phase où j'en ai un peu marre de ce métier.» En même temps, je suis persuadée que c'est bien d'en avoir marre à certains moments, de se remettre en cause de temps en temps, de se dire : «Est-ce que c'est toujours ça que je veux faire ?» C'est intrinsèque à ce métier de se poser des questions.

114. *Ibid.*

La journaliste explique d'ailleurs qu'elle ne pourrait pas exercer une profession qui ne la « passionne pas ». Pour maintenir leur *illusio*, certaines tentent donc d'équilibrer les moments de découragement avec d'autres événements tels que des reportages ou des rencontres, qui leur permettent de renouer avec les premiers idéaux du journalisme. « À chaque fin de film, je me dis : "Plus jamais !" », raconte Mathilde. La jeune réalisatrice relance néanmoins systématiquement un nouveau projet, « parce que les sujets et les gens que je rencontre sont tellement intéressants, et puis je me retrouve dans des endroits où je n'aurais jamais pu me retrouver si je n'avais pas fait ce métier-là ».

La « passion » semble en revanche quasi inchangée pour Cécile Ollivier, qui a pu trouver un poste épanouissant, dans un bon environnement de travail : « Le jour où on me dit "c'est la retraite", c'est quelque chose que je ne peux pas envisager. J'ai envie de travailler jusqu'à ma mort. C'est peut-être bizarre, mais ça me plaît. Pourtant, j'ai fait des enfants, j'ai une famille, mais je n'ai pas envie de m'arrêter de travailler. » Pour d'autres, comme Mejdaline Mhiri, l'envie de lancer des débats et de mettre à profit son rôle démocratique est également un moteur :

> Si ça se trouve, dans cinq ans, dans dix ans, je dirai que j'abandonne la profession. Mais, pour l'instant, je vois à quel point il reste du travail. J'ai aussi rencontré plein de personnes intéressantes, notamment des hommes, et je me dis qu'évidemment je peux travailler avec eux et leur faire entendre des choses.

Pour Margaux Bédé, qui a monté sa société de production, l'objectif est même de devenir un modèle, à l'heure où les médias sont en crise :

Pour la suite de ma carrière, je me dresse le tableau idyllique : Renée Prod devient une société qui arrive à faire vivre des gens, des femmes, des jeunes, des banlieusards, un peu tout le monde, comme ce qu'on fait aujourd'hui, mais à plus grande échelle. On arrive à bien payer les gens, on devient une référence dans le domaine, et les journalistes se disent : « On va aller bosser là-bas, ils payent bien et en plus, au niveau social, il n'y a pas de différence. »

Chez elle, les idéaux semblent intacts, en dépit de la déception et de la lassitude éprouvées lors de précédentes expériences en rédactions. D'où son projet de « devenir un exemple pour le monde journalistique, ce qui est très ambitieux ».

Conseiller le journalisme ?

« Recommanderiez-vous ce métier à vos enfants ? » À cette question, posée aux journalistes en 2024 par la Commission de la carte de presse dans le cadre d'une vaste enquête sur leur bien-être[115], 56 % des sondés ont répondu par la négative. Les plus pessimistes étaient les 35-54 ans (59 % ont répondu non) et les pigistes (58 %). Aline Brachet, qui a rempli le questionnaire soumis par la CCIJP, raconte avoir beaucoup hésité :

Finalement, j'ai répondu « non ». J'ai un peu de mal à voir les perspectives dans la profession et, en plus, le paysage des médias a tellement changé en quinze-vingt ans… Quand je suis entrée en 2005 [en école de journalisme], la formation n'était déjà pas trop à la page, on a un peu raté le virage du web. Et avec l'arrivée des réseaux sociaux, le métier a quand même beaucoup changé.

115. « Consultation sur l'état de bien-être des journalistes en France », EGI-Ipsos – CCIJP, *op. cit.*

Ségolène Barbé, qui a traversé beaucoup d'épreuves avant de se stabiliser dans son statut de pigiste, émet également des doutes. « Je pense qu'il faut être bien au courant des difficultés. Ce n'est pas pour tout le monde. Il faut aussi avoir le goût de se remettre en question, car rien n'est jamais acquis dans ce métier. On peut se faire virer, les piges peuvent s'arrêter », explique-t-elle, faisant référence à son propre parcours.

Pour les autres à qui nous avons posé la question, la réponse est « oui » à une écrasante majorité, mais systématiquement nuancée par des conseils ou des avertissements. « Je mettrais cartes sur table parce que ce n'est pas le monde des bisounours. Il faut vraiment aimer ça, c'est un métier passion, ce n'est pas un mot galvaudé », prévient Lucile Guillotin. « Je mettrais des warnings » (Mathilde), « il faut avoir les épaules » (Léna), « sachez où vous mettez les pieds » (Camille), ont répondu d'autres. Justine Gourichon rappelle par exemple que la concurrence est forte, à l'heure où les médias sont en pleine mutation : « C'est un métier, comme tant d'autres, où il y a quand même beaucoup de monde. Donc si tu ne sais pas trop pourquoi tu fais des choses, si tu n'es pas vraiment motivé, je ne le conseille pas forcément, parce que ça va être compliqué ». D'où ce conseil de Muriel Breiman, s'appuyant sur son propre parcours et sa spécialisation en économie, qui lui a permis de sortir du lot :

> Je les encouragerais, mais je pense que je ne les encouragerais pas à faire une école de journalisme. Je vois que ceux qui en ont fait une sont plus à l'aise et se posent sans doute moins de questions [sur les pratiques]. Mais les journalistes qui ont une compétence dans un domaine (juridique, économique, financier, etc.) sont aussi très prisés, leur expertise est appréciée.

La dureté du milieu est également un élément très souvent mis en avant, par exemple par Laetitia Limmois : « Moi, j'aurais aimé qu'on me dise à l'école [de journalisme] : "Arrête d'être un peu naïve, ça va être difficile". Parce que j'aurais été plus prête psychologiquement à affronter cette infantilisation, le sexisme et le racisme. » L'importance de la préparation au moment des études revient souvent dans les paroles des femmes : « J'aimerais bien, que dans les écoles, on nous mette plus au courant sur les pratiques, sur les contrats, pourquoi on ne peut pas signer un CDDU[116], par exemple. Ce sont des choses super importantes qu'on devrait nous apprendre, il faudrait nous mettre en garde sur toutes les dérives », estime Léna.

Parmi les plus expérimentées, qui ont réussi à se faire une place dans le métier tout en abîmant peu leur *illusio*, conseiller le journalisme est une évidence. Dorothée Olliéric revient notamment sur l'importance du rôle démocratique des journalistes : « Je réponds "oui", parce qu'on dit "le grand reportage, c'est terminé", mais ce n'est pas vrai. Ça fait vingt ans que j'entends ça et, au contraire, face aux *fake news* et à l'intelligence artificielle, notre expertise et nos témoignages sur le terrain valent de l'or ». Delphine Tanguy ravive elle aussi les premiers idéaux liés à la profession : « Malgré toutes les difficultés de ce métier, vous ne vous ennuyez jamais. Vous êtes fatigué, ça demande une grande amplitude horaire que tout le monde n'est pas prêt à accepter, mais c'est un métier passionnant, vraiment palpitant. »

116. Le CDDU, ou contrat à durée déterminée d'usage, prive les journalistes de la prime de précarité versée à la fin d'un CDD, mais aussi des primes d'horaires décalés, explique le Syndicat des journalistes, qui parle d'un contrat « au rabais ».

Sans ce moteur, sans cette passion, la tentation peut être grande d'abandonner, à l'heure où les médias subissent de fortes secousses. Souvent mal payées, en manque de reconnaissance, parfois victimes de sexisme, de racisme, voire de violence, les femmes journalistes doivent aussi gérer une perte d'influence et l'émergence de nouvelles technologies, qui menacent leur travail et leur identité. « C'est un métier que j'ai quitté à cause de la manière dont ça se passe, mais pas à cause du métier en lui-même », nous a confié Marine Saint-Germain Regini. Ainsi pour elle, comme pour toutes celles qui ont partagé leur expérience, rien, fondamentalement, n'a changé dans ce « goût des autres », dans ce besoin d'écrire, dans cette envie de transmettre l'information et de jouer un rôle démocratique, qui sont la clé de voûte de leur vocation.

CONCLUSION

Être journaliste, le jeu en vaut-il la chandelle pour les femmes ? C'est au prisme du concept d'*illusio*, forgé par Pierre Bourdieu, que nous avons voulu répondre à cette question, en interrogeant plus de trente femmes sur leur vision, leur pratique du métier, mais aussi leur quotidien dans les rédactions et auprès de leurs sources. Malgré la diversité de leurs profils, elles ont plusieurs points communs : une passion intacte pour l'écriture et l'actualité ; une curiosité qui les pousse à partir en reportage, à réaliser des interviews, à présenter des journaux d'information ou à tenir des chroniques ; le sentiment de faire quelque chose d'utile. Pourtant, leur *illusio* est rarement intact. En effet, l'autre similitude entre la plupart de ces femmes tient dans les barrières qui se dressent contre elles : sexisme dans les équipes et en reportage, obstacles pour concilier travail, maternité et vie de famille, difficultés à se construire un réseau de cooptation, à combattre les stéréotypes, à accéder aux postes et aux secteurs les plus prestigieux.

En démarrant ce travail, nous avions l'intuition qu'il était difficile pour les femmes journalistes de trouver leur place dans une profession où les codes du masculin dominent encore. Nous anticipions les récits autour de la difficulté d'être payées au même niveau que leurs confrères et d'accéder au sommet des hiérarchies. Mais nous ne nous attendions pas à recueillir autant de témoignages d'expériences douloureuses, ponctuées de violences et de doutes sur la pertinence de rester journaliste.

Ces femmes nous ont raconté avoir mis en place des stratégies pour continuer de donner du sens à leur métier. Elles adoptent différentes tactiques pour asseoir leur légitimité et s'émanciper du rôle de l'animatrice qui leur est encore trop souvent attribué. Elles décident de changer de poste, d'écrire un livre, de s'initier à de nouveaux formats (podcasts, newsletters...), mais aussi de passer le relais aux jeunes générations pour transmettre leur passion. Depuis les années 2010, le combat des femmes journalistes a pris une dimension plus large et publique, grâce à la création d'associations mais également à des grèves ou des tribunes, et toute une palette d'actions pour faire réagir les dirigeants de médias et l'opinion publique.

Elles font donc bouger les choses, et le fait qu'elles aient accepté de nous répondre montre une fois de plus à quel point il est nécessaire qu'elles prennent la parole. Elles estiment, par exemple, que les organes de presse sont encore à la traîne et peinent à faire leur autocritique. « Comment un grand titre de presse qui fait sa une sur une figure féministe comme Virginie Despentes peut-il tolérer que des femmes soient maltraitées au sein de sa rédaction ? » s'interroge une jeune femme victime de harcèlement moral qui nous a répondu.

Les femmes journalistes ont donc besoin de politiques publiques plus fortes en matière d'égalité et de lutte contre les violences et les discriminations au travail. Si c'est nécessaire dans tous les métiers, les conséquences des inégalités s'avèrent particulièrement lourdes dans le cas des journalistes, car elles dépassent leur cas personnel : elles affectent leur travail, qui peut influencer l'ensemble des citoyens. Alors que les médias investissent massivement pour combattre la désinformation afin de maintenir leur crédibilité, il est nécessaire qu'ils s'impliquent de la même manière dans l'élimination de toutes les formes d'inégalités, en prenant en compte «les facteurs intersectionnels qui influencent le genre, tels l'origine ethnique, la classe sociale, le handicap, l'expérience, etc.[117]». Davantage touchées par un sentiment de désenchantement, les femmes ont tendance à quitter prématurément la profession. Un phénomène qu'il est urgent de circonscrire, étant donné le rôle plus que jamais crucial du journalisme en démocratie.

117. Lindsey Blumell et Dinfin Mulupi, «How news organizations cultivate and maintain sexist newsrooms via gendered journalistic norms, sexual harassment, and the boys' club», art. cit.

REMERCIEMENTS

Merci à Aline Brachet, Anne-Sophie Novel, Ariane Lavrilleux, Arwa Barkallah, Aude Soufi-Burridge, Camille, Caroline Constant, Cécile Ollivier, Clémence Dibout, Delphine Tanguy, Dorothée Olliéric, Elsa Freyssenet, Florence Donjon, Gaëtane Morin, Gioia, Inès, Justine Gourichon, Laetitia Limmois, Laure Bretton, Léna, Lucile Guillotin, Margaux Bédé, Marine Digabel, Marine Saint-Germain Regini, Mathilde, Mejdaline Mhiri, Muriel Breiman, Nora Hamadi, Rozenn Gourvennec, Ségolène Barbé et Virginie pour leurs précieux témoignages.

Merci à Adeline Wrona de nous avoir fait confiance dans ce projet.

Achevé d'imprimer en septembre 2025 par CPI (France)
Numéro d'impression : 2086187
Dépôt légal : octobre 2025